JN044148

生きるとはどういうことか

養老孟司
Yoro Takeshi

筑摩書房

まえがき

本書に収めたのは、二〇〇三年から二十年ほどの間に、さまざまな媒体に寄稿した文章である。秘書の山口玲子さんが保存しておいてくれたものを、以前から筑摩書房から本を出すときにお世話になっていた編集者の磯知七美さんが見つけ出して、筑摩書房をすでに退職したにもかかわらず、この本にしてくれた。

さて、というので編集されたゲラを読んでみると、いささかくたびれた。これを書いている二〇二三年夏が異常に暑かったこともあるが、私自身が八十代半ばを超えて体力が落ちたことを痛感する。自分で書いたんだから、すんなり読めるだろうと思われるかもしれないが、二十年前の自分はほぼ他人である。考え方の根本は変わっていないが、なにしろ当人がまじめに書いているので、今ならもっと気を抜いて書くところも、気を抜いていない。ただまっしぐらに思いを述べるという点が目立つ。最近は話をして、それを編集者が文章にして本を作ることも多くなったが、本書はすべて自分で書いている。それには体力が必要である。それができたのだから、若かったなあと自分で思う。

いまでもお元気ですねえと言われたりすることがある。八十六歳が元気なわけはなかろう、歩くだけでも容易ではない、と思うが、あえて異を立てるのも疲れるので、ただニコニコして「そうですか」という。要するにそういうことなのである。なにがどういうことか、わからなくなったが、本書の内容のようなことを懸命に書いていた自分に、ご苦労さん、というしかない。苦労して時間を潰して、当たりまえのことを論じてきただけではないか。

本書に特定の一貫する主題があるわけではない。「環境」とか「教養」とか、編集で適当にまとめを入れて下さっているが、要は私自身がいつも考えていることだから、通底しているテーマは「自然と人間」とでもいうべきであろうか。

別に奮励努力して人生ここまで来たというわけではない。ひとりでにこうなったんだから、それはそれで仕方がない。後悔もしてないし、もっと頑張れたはずだなどと思うこともない。今はただ庭の緑を眺めるだけだが、それが心の安らぎを生む。傍で猫のマルが寝ていれば申し分ないが、と感じる程度である。

二〇二三年　初秋

養老孟司

生きるとはどういうことか　目次

身体　181

教養　201

生きるとはどういうことか

装幀　神田昇和
カバー写真　小檜山賢二
マルバネトビケラ属幼虫の巣

人生

私の人生はまさに一期一会の連続でしかない。

――「人生論」

人は何のために生きるのか

人はなぜ生きるか。こう訊かれると、すぐにいいたくなる。そりゃ、人によって違うでしょうが。

お金のため、名誉のため、権力のため。人生の動機はこれに尽きる。そう考える人もある。それなら男女はどうなる、家族はどうなる。好きな女のために生きる。もうだれも読まないだろうが、井上靖の「射程」はそういう男を描いている。若いころ、この本にすっかり釣り込まれて読んだから、電車で降りるはずの駅を乗り越した。

家族のためというなら、それは生きるためというより、食うため、食わせるためじゃないか。食うのは生きるためで、それなら生きるのは、食うためではない。

そんなことというけど、あたしゃ貧乏人だし、社会的地位もない。金と名誉と権力には縁がない。自分ではそう思っている人も、じつは金・名誉・権力の例外ではない。そういう意見もある。貧乏人の子だくさんとは、そのことだという。それを説明する。

突き詰めれば、人間の欲は権力欲である。気に入ろうが、気に入るまいが、とりあえずここではそう考えることにする。金があれば、それなりに「思うようにできる」。名誉があれば、それなりに人を「思うようにできる」。ともあれ他人が自分の意見に耳を傾けてくれるに違いないからである。権力があれば、むろんのことである。

貧乏人はどうか。どれもない。ところが一つ、残された手段がある。子どもである。子どもにとっては、親は絶対者に近い。父親が変人で、子ども嫌いだったため、赤ん坊のときから中学生の年齢になるまで、一部屋に閉じ込められ、縛られていた子どもがあった。その子はそれでも後に「母が恋しい」と書いた。すべての権力に縁がないなら、人は子どもをつくる。だから貧乏人の子だくさんなのだ、と。

その欲、権力の欲を去れと説いたはずの人を私は一人だけ、知っているような気がする。釈迦である。だから私は釈迦が好きなのである。そりゃ誤解だといわれるかもしれない。そうかもしれないが、ともかくそうだと思うことにしている。

べつに私は仏教徒ではない。でも外国の書類に宗教を書くときは、仏教徒と書く。そう書いたところで、信じる教義を訊かれることはない。でも仮に訊かれたとしたら、「欲を去れ」だという。そう聞きましたという。如是我聞である。

欲を去ったら、人生の目的がないじゃないか。そのとおりである。だからといって、欲をかいていい。そういう結論にはならない。この「欲をかく」は、欲を欠くではない。徹底的に欲望するという俗語である。

他方、欲を欠いたら、たしかに人生は灰色である。しかし欲は中庸でよろしい。理屈が中庸なのではない。中庸なのは欲である。理屈を中庸にすると、理屈が役に立たない。このあたりは高級な議論だから、短くては納得しない人もいるかもしれない。でも説明が面倒くさい。

人はなにごとであれ、思うようにしようとする。それは人の癖だから、どうしようもない。そういうものだと心得ておくしかない。それを説くのが仏教だと、私は勝手に信じている。他の宗教はそれをいわない。いわないと思う。むしろ徹底的にやれという。宗教を信じること自体についても徹底を要求する。

自爆テロを見ても、それに反対してテロ撲滅に動く人を見ても、そう思う。相手を殺しても、逆に自分が死んでも、ともかく「思うように」しようとする。もう勘弁してよと、体力のなくなってきた老人は思うが、容赦がない。容赦という言葉は、西洋語やアラビア語になるんだろうか。魯迅だって、「水に落ちた犬を打て」と書いていたはずである。

「世界はイヤなところだと思え」。そう書いていたのは関川夏央氏である。こういう点では、私もそう思う。いまでは世界は人間でできているというしかない。その人間の悪いところを無限に拡大するようなことは、勘弁してほしいと思う。でもそうはいかないといいつつ、欲望は無限に増大するように見える。やっぱりお釈迦様は偉い。

（二〇〇四年一月）

生きているという話

ときどき「生きがい」とか、「生き方」について、話を頼まれる。これは変な話で、聞く人も「生きてきた」わけだから、それぞれの人が生きる専門家である。他人の話を聞くまでもあるまい。

まあ、それは理屈である。こういう話題が請われるについては、時代がそれを要求するということがあろうかと思う。その理由は私なりに理解できるつもりである。なぜなら現代の人は、ある意味ではどうも「生きていない」ように感じるからである。

この春、福井県の小学校で、正規の授業に虫捕り、つまり昆虫採集を入れてもらった。地元の熱心な人たちと、教育委員まで勤められた熱心な先生のOBたちのおかげで、それが可能になった。学校の裏山に上って、生徒たちは午前中の半日を虫捕りで過ごしたわけである。

それが終わって、担任の先生が挨拶をされた。「子どもたちがあんなに大きな声を出すのを、はじめて聞きました」。長い教員生活で、はじめてだったというのである。子どものときから、大声も出さずに、現代人は暮らしている。それが当然だから、そうなるのであろうが、本当にそれが当然だろうか。

夏には、島根県の三瓶山(さんべさん)で、やはり小学生たちに虫捕りの講習をした。私は虫捕りに夢中だったから、途中で気づいて、子どもたちの方を見た。なんと、すべての子どもが山道の上にいたのである。現代っ子は道から外れない。ハテ、生きるとはそういうことか。

(二〇〇九年十一月)

死なないつもり

若いときは、眠らないのが自慢だった。ただしもちろん、前日が徹夜に近かったりすると、通勤電車で寝てしまった。でもそれは、特別な事情があってのことだと、自分で思っていた。六十歳を越えたら、なんと普通によく寝るようになった。電車のなかでも寝てしまう。考えてみれば、睡眠時間が縮んできた。八時間寝ていたのが、六時間くらいになった。そのかわり電車で寝るらしい。

若いときには、おそらく「寝ている時間」と「起きている時間」の違いがはっきりしていたのであろう。歳をとったら、その境界がなんだかあいまいになってきた。だから早く目が覚めてしまう。他方、昼間なのに寝込む。

こういうふうにして、だんだん起きている時間と寝ている時間の区別がなくなっていくのかもしれない。夢か現か幻か。人生は幻などという。歳をとって、どうやら幻の方に近づいたらしい。幻なら、いつ消えてもおかしくはない。それで最後に死ぬらしいが、若いときほど、死が気にならなくなる。どうせ幻である。

そうなると、どこかで目が覚めるのだろうか、とふと思う。そう思ったら、若いときは馬鹿げていると考えていた、極楽浄土というのが、あんがい論理的に思えてくる。いままでいったい何度、目を覚ましたか。何度、意識を失ったか。どうせ目を覚ますつもりで寝て、つまり意識を失って、その意識がいつの間にか戻ってくる。それを何万回も繰り返したのだから、次回は死んで、意識がなくなったきり、もう戻ってこないと断ずるのも、変ではないか。どこで目を覚ますか、わかったものではない。

とまあ、昔の人は思ったのかもしれない。年齢とともに、古い言葉の意味が変わってくる。当たり前じゃねーかとか、馬鹿げているとか、思っていた言葉の意味も、違って聞こえるようになる。「三つ子の魂」なんて言葉も、いまの人は生まれつきの個性が死ぬまで続くことだなんて、思っているのではないだろうか。それなら「当たり前」で、格言なんかになるはずがない。諸行無常、人はひたすら変わっていくものだ。それが常識だったから、三歳から変わらないこともあるよ、という格言ができた。私はそう思っている。なにごとも個性、個性の世の中には、そんな解釈はない。

歳をとれば、人は変わっていくことがイヤというほどわかる。それがわからなけりゃ、バカというしかあるまい。そもそも「変わらない」人なら、死ぬわけがないだろうが。だから現代人は「死なないつもり」の人ばかりになったのであろう。

（二〇〇八年）

発見の眼 自分の発見

科学上の発見というと、立派な業績を指すような印象がある。でも発見というのは、つねに自分に関する発見である。じつはどんな小さなことでもいい。

歩きながら、ふと花が咲いているのに気づく。それまでの自分は、その花に気づいていなかった。咲く花に気づいていなかった自分と、気づいてしまった自分は、違う自分である。こうして違う自分が生まれたときに、気持ちがいいと感じる。だからそういう体験を繰り返したくなる。それが発見の喜びである。

現代人は自分が本質的に変化しないと思っている。むしろ変化してはいけないと思っているらしい。でも自分が変化しなければ、発見はない。だから現代人にとって、人生は面白くないのではないかと疑う。

でも悪いほうに変わることもあるんじゃないか。たしかに、見つけてはいけないこと、自分が不幸になる状況を発見してしまうことはあるかもしれない。でもそれは事実なのだから、それを発見せずに生きてしまうのは、結局は間違いである。間違いの上に人生を構築したら、結局はもっと大きな不幸を招くことになるはずである。

　今日もわが家では、裏山に百合が咲き始めた。大したことではないが、嬉しい。例年通りじゃないかといえば、それまでのことだが、でも今年の百合は少し違う。昨年よりも数が増えた。来年はどうなるのだろうか。

　そもそも私の年齢になると、来年この百合を見られるかどうか、定かではない。百合は毎年だんだん花が増えて、七つとか八つになると、その株が終わる。観察していると、そうじゃないかと思う。花が一つしかない株は、来年以降が楽しみである。

　男子三日会わざれば、刮目（かつもく）して待つべし。古人はそういった。三日たてば、どう変わっているか、わからない。いまではそんなことを思う人はいないであろう。私は私、同じ私だと思い込んでいる。それが結局は不幸を招いていることに、どれだけの人が気づいているだろうか。


（二〇一二年七月）

人生論

自分の人生がほぼ尽きてしまった状態で、なにを言い、なにをすればいいのか。私の恩師は旧制一高の同窓会に出た後、話題は病気と孫と勲章だけだ、と言っておられた。爺さんの話題はその辺に尽きるらしい。

もう一つ。マンガ「ショージ君」の東海林さんが、年寄りの話はほぼ自慢話だと思う、と言われたのが気になっている。病気、孫、勲章に加えて自慢話を排除すると、年寄りにはなにか語ることがあるだろうか。

令和三年の暮から四年の二月までに、自著六冊が出版された。多過ぎやしないかと思うが、出版社の都合でたまたまそうなったので、私が鋭意努力したわけではない。ひとりでにそうなってしまったのである。人生を振り返ってみると「ひとりでにそうなった」「いつの間にかそうなっていた」ことが多いように思う。断固自分の意志でやったことも当然あるが、ほぼ失敗している。自著が多く出たのも、『バカの壁』（新潮新書）の発行部数が昨年末に四百五十万部を超えたということが契機になったのかもしれない。本が売れたのは、間違いなく私のせいじゃない。なにかの都合で売れてしまったから、仕方がないのである。

どうして売れたか、ときどき訊かれる。はかばかしい返事ができるわけがない。それがわかっていれば、どこの出版社も困らないはずだからである。

日常何をしているかというなら、捕まえた虫、もらった虫、買い求めた虫を標本にしている。これが楽しくてやめられない。なにが楽しいのか、疑問に思う人も多いだろうと思う。子どものころから好きでやっていたことだから、母親にも年中訊かれた。「虫ばかりいじって、何が面白いの」。これにも返答のしようがない。

虫をいじっていれば、人に会うこともない。コロナ下であっても、いつもと変わりはない。ウクライナ問題で、世間は騒いでいるが、ウクライナの虫好きが採ったゾウムシが千頭あまり、いま私の手元にある。知人がネット上で売っているのに気が付いて、私のために買ってくれたのである。これを標本にするのが楽しくてしょうがない。いままで図版でしか見たことがない虫、あるいは想像したこともない虫の現物を手にしていると、ほとんど至福の境地である。

現地ではごく普通種で良く知られた虫であっても、私が知らなかったら、発見である。発見とは本来そういうことだと思う。世間に知られていなかった種類、いわゆる新種を見つけることも多いが、それより自分が知らなかった虫を知ることが楽しいのである。発見とは常に自分に関することだというのは、当たり前であろう。自分が無知であるほど、発見の可能性は高い。

八十代の半ばになって、自分の人生を振り返る。要するに成り行きと発見の連続ではなかったかと思う。成り行きまかせにしておいても、発見だけはある。発見の機会は向こうからやってくる。アメリカ人のように、人生は自分の選択の連続だなどと思ったことはない。それどころか、選択なんてしたくない。人生の暮になって思う。「何事もあなた任せの年の暮」状態だなあ。

こういう考えだから、若者の前で話をさせられると、言うことに窮する。若者はとりあえず「自分」を立てなければならない。それを「自立」という。今では自立というと、給料を稼いで、親から小遣いを貰わないことだと解釈される可能性が高い。そう考える傾向も世間の成り行きだからやむを得ない。人生の全体を通じる一言なんか、あるはずがないのである。若者には若者の、爺さんには爺さんの考えがあり、立場がある。

生まれてから死ぬまでの一貫した人生、そんな抽象的な、高級なものは私にはない。いまなら百歳にも達しようという「人生」の紆余曲折を、一言で片づけるほど、情報化というのは乱暴なものである。私の人生はまさに一期一会の連続でしかない。

この年齢になると、知人が亡くなることが増える。最後はいつ会ったかなと思うと、意外に遠い過去だったりすることが多い。昨日はＮＨＫの仕事で、鎌倉の小林秀雄の旧宅で、現在の家主、茂木健一郎君に会った。小林秀雄が座っていたという椅子に座って、偉そうにしてしゃべっていると、本当に偉くなったような気がする。高校生のころ、鎌倉市内の本屋で小林秀雄を見かけた覚えがある。要するに白髪の爺さんだった。直接に口をきいたことはない。そのたたずまいがよほど印象的だったのであろう。今でもその一度の邂逅を記憶しているくらいである。

当時私の住んでいた家は、大佛(おさらぎ)次郎の家の近所だったから、よく猫を見かけた。大佛さん自身は見たことがない。大佛さんが猫好きだということが知れ渡っていて、子猫が生まれると、大佛さんの家の近くに捨てに来る人がいるという噂だった。茂木君が「養老さんも鎌倉文士じゃないですか」という。私は「文士」だなんて思ったこともない。ただある程度の雰囲気は知っていると思う。

小学生のころ、開業医だった母の往診になぜかついて行って、小島政二郎(まさじろう)の家に行ったことがある。妙本寺という寺の山門の先の右の山手の坂を上った突き当りだった。小林秀雄の旧宅と場所は離れているが、山の中腹にあって、似た感じのたたずまいである。現在の私の家も似たような環境にある。芥川龍之介や里見弴(とん)の住んだのは平地で、鎌倉でももっと人家が多く、より賑やかな市街地だった。以前、大分の三浦梅園の旧宅に行ったことがあるが、やはり小林邸と似たような場所にあった。里山の中腹で小さな谷間を見下ろす位置である。

小林秀雄の旧宅からは、市街地を超えて海が見える。水平線が凸凹しているのは、私の目のせいである。三日前に東大病院の眼科に行った。右の目がダメだということがしっかり判明した。子どものころから、右目がよく見えていなかった。双眼の実体顕微鏡を使っても、片目しか使わないから双眼の意味がない。望遠鏡やオペラグラスも同じ。立体視ができないのである。そういえば、若い時から立体視が苦手だったなあと思い当たる。今頃わかっても打つ手がないが、これも人生の「仕方がない」のうちであろう。

現代人は「仕方がない」が苦手である。何事も思うようになると、なんとなく思っている風情である。コロナに関する議論をテレビで聞いていると、しみじみそう思う。ああすればよかったじゃないか、こうすればいいだろう。ほとんどの人が沈む夕日を扇で招き上げたという平清盛みたいになっている。「ああすれば、こうなる」というのは、いわゆるシミュレーションで、ヒトの意識がもっとも得意とする能力である。それがＡＩの発達を生んだ。これは右に述べてきたような私の人生観と合わない。私の人生観なんか、どうでもいいが、世間がシミュレーション全盛の方向に進んでいくときに、人生をどう送ればいいのか。その世界では私の人生はおそらくノイズであり、それならどれだけのノイズが許容される世界なのかが問題となる。そんなことを考えていると、それも一種のシミュレーションじゃないかと思い、面倒くさいなあ、ＡＩに考えてもらいたい、と思ったりする。やっぱり話はいまではＡＩに尽きるのである。「人生論」などというヘンな主題になったのは、ＮＨＫの仕事がらみで、子どもの質問に答えるというのを引き受けたからで、十歳の小学生が「良い人生とは」という質問をしてきたのである。もう一つは十代から三十代までの日本の若者の死因のトップが自殺だと知ったからである。人生ではなくて、「生き方」の問題だろうと、とりあえず回答したが、「生き方」の指南は私の仕事ではない。古来宗教家の仕事に決まっている。宗教は衰退しているといわれるが、AＩが宗教に変わったという意見もある。未来をもっぱらAＩに託すからであろう。AＩは碁将棋に勝つだけではない。なんにでも勝つのである。

自殺が多いのは、人生指南のニーズが高いであろうことを示唆している。日本でいうなら、コンビニより多いとされるお寺の前途は洋々である。若者が死にたがる理由は複雑であろう。とりあえず打つ手は思いつかない。

（二〇二二年五月）

生きるとはどういうことか

虫が好きで、年中虫を見ている。幼いころ母親によく言われた。

「どこが面白いのかねえ、虫なんか見て」

いまでも多くの人の感想は、これではないか。でも虫の面白さを説明しようとすると、言葉に窮する。そこでアッと思う。人生、言葉にならないことが、じつはいちばん面白いんじゃないか。懸命に生きているって、そういうことでしょ。その当座は夢中だから、言葉にしている余裕なんかない。ただひたすら、面白いというしかない。

身体を動かす楽しみには、多かれ少なかれ似た面がある。スキーの面白さを言葉で伝えることは結局できない。自分でやってみるしかない。ネットやフェイスブックの世界から、時々は出てみたらいかがですか。私は八十歳の爺さんだけど、先日ラオスで一週間、虫捕りをして帰ってきた。それで自転車に乗ったら、いつも危ないなあと自分で思うんだけれど、なんとまったく怖くない。体が思うように自由に動く。いかに日常が運動不足か、それを痛感した。

虫の楽しみの第一は、外に出て虫を探すことである。無理に探さなくても、虫は勝手にいることはあるが、探せばもっといる。虫のいる場所はじつにさまざま。森や野原は当然だが、河原、池、海辺、要するにいたるところ。凝ってくると、外国にまで出かける。野球やサッカーのようなスポーツと違って、場所の制限がない。どこでもいい。だからいまでは意地悪な人がいて「ここでは虫を捕ってはいけません」などと言う。虫を捕らないことで、虫を大切にしているつもりらしい。虫が減る理由は、客観的には明瞭である。環境破壊に決まっている。一台の車が廃車になるまで、何匹の虫を殺すか。高速道路を走って、フロントグラスを見たらわかるでしょ。タイヤでも踏んづけているしね。

まあ、そういうやかましい話は置くとして、次は見つけた虫を持って帰って、飼育する、標本にする。これが第二段階の楽しみ。知り合いに日がな一日、標本を作って飽きないという男がいる。会社も辞めてしまって、ひたすら標本作成。それじゃあ食えないだろう。本人もそれを心配して、なんとかしてくれという。そう言われたって、こちらも困りますわ。でも気持ちはわかる。この人に標本の清掃を頼んでいるから、私の標本はピカピカ、きれいなものである。先日は丸二日を掛けて、私の標本箱を全部磨いてくれた。

そこで第三の段階。虫の標本を並べて、比較して、あれこれ考える。ここまで来ると、かなり病気が進行しており、もはや後戻りはない。世間では新種の発見などというけれど、虫によっては新種の方が多い。まだ人間が名前を付けていないのが新種で、だれもよく調べていないグループなら、新種だらけである。私の家にも、おそらく何百というゾウムシの新種があるはずである。たまに名前を付けたりするが、面倒くさいから、おおかたは放置状態。

この標本を見るという楽しみ、これはなかなかのものだけど、この段階まで行けば、いちおう大学院クラスである。ここから先はほとんど専門家の世界になる。

「虫なんか見て、どこが面白いの」。話はそこから始まったが、楽しみを順繰りに数えていくと、話が逆転する。「虫も見ないで、人生、なにが面白いの」である。友人の池田清彦がオーストラリアに虫留学していた時のこと。平日の朝っぱらから、虫捕りの友人が虫捕りの誘いにやってきた。「人生は短い、虫を捕らないで働いている暇なんかない」。それが誘い文句だったらしい。

虫の仲間は日本中にいるし、世界中にいる。ロンドンの自然史博物館で、ロシア人の専門家と出会った。二人で中華料理を食べに行った。数日後に同じ店で、関係のない日本人に「ロシア人と一緒だったでしょ、なにを話していたんですか」と尋ねられた。その人の旦那さんはイギリス人で、ロシア問題の専門家だという。たまたまその人が同じ中華レストランにいて、日本人とロシア人の組合せが熱心に話をしているのを見て、好奇心に駆られたらしい。残念ながら007に出てくるような話にはなりませんよねえ。たかが虫なんだから。その後もイギリスとロシアはなにかと揉める。詳細はわからないけれど、古い表現をすれば、諜報の世界も大変なのであろう。アンテナをいつも張っているらしい。それに私が引っかかっただけのこと。

私が調べているゾウムシは、きわめて種類が多い。じつは生きもののグループの中で、昆虫がいちばん種類数が多い。その昆虫のなかで、甲虫類がいちばん種類が多い。その甲虫の中で、ゾウムシがいちばん種類が多い。なんだかわからなくなった。そういう人もいるかもしれないが、ともかくゾウムシは種類がむやみに多いのである。

なぜそうなったか。つまり住んでいる環境が広い。あっちにもこっちにもいる。森にもいるし、原っぱにもいるし、砂漠にもいる。池にもいる。落葉の下にもたくさんの種類がいる。枯木、朽木につくものも多い。お米につくコクゾウムシなら、古い人は知っているはずである。いまはコクゾウムシが付いたお米なんて、有機で育てた産地直送のお米でないと、お目にかかれない。

コクゾウムシはオサゾウムシというグループの一種である。日本では二種類が知られるが、じつはもう一種類、世界中に広がっているのがいて、これが日本で見つかると、公表しないでくれと言われると聞いた。べつに気にすることなんかないのに。コクゾウムシが付いた米は毒でもなんでもない。コクゾウムシが元気に育っているんだから、食品としての安全証明みたいなものである。見えない農薬なんて、いくら食べさせられているか、知れたものではない。はっきり言うけど、現代人はその意味ではほとんどバカである。見えない農薬なら平気、見える虫だとキャッと叫んで逃げる。

先年、ブータンに行った。たまたま建物の白壁に小さな黒い点がたくさんついていたので、近寄ってよく見たら、コクゾウムシ。その家はお米屋さんだった。コンクリートの水槽みたいな入れ物に、大量のお米を入れている。ブータン人は殺生をしないので、コクゾウムシも殺さない。だから米屋の壁にコクゾウムシがたくさんついている。こういう国が私は大好きなんですよねえ。

普通に知られているゾウムシと言えば、あとはクリシギゾウムシであろう。栗の実に入っている虫である。秋ごろに落ちている栗の実を拾うと、中にクリシギゾウムシの幼虫が入っていることが多い。この虫もクリだけを食べているんだから、べつに虫ごと人間が食べても問題はない。虫が付いた作物はダメだなんて、だれが決めたんですかねえ。虫の食べ残しが気に入らないなら、虫ごと食べてしまえばいいのである。

ラオスに行くと市場で虫を売っている。どういう虫かって、ありとあらゆる虫である。ある時、見たこともない大きめのゾウムシを何匹もまとめて売っていたので、買ってしまった。まだ十分に調べていないが、どうも新種のような気がする。コオロギだのカメムシだのは常連で、糞虫すら売っている。アリだって売ってますよ。どうやってあんなもの売るのかって、巣を売るんですけどね。じゃあ地面を掘るのか。違います。葉っぱを束ねて巣にするアリがいるんですよ。説明が面倒くさいから、ラオスに行って、自分で見てくださいね。

日本でも信州なら、好んで虫を食べるのは、ご存知であろう。イナゴやハチは当然のメニューである。タンパク質の補給だなどと、理屈を言うけれど、ハチの子やゾウムシの子はおいしい。当り前だが、おいしくなければ食べませんよ。

若者にいつも言うことがある。田んぼや畑は将来の君だよ。田んぼに稲が育って、コメという実がなり、それをあんたが食べる。あんたの始まりは、直径たった〇・二ミリの受精卵ですよ。それが何十キロという大きさになる。その何十キロはどこから来たのか。たとえば田んぼでしょうが。魚を食べれば、海があんたの一部になる。それなのに、田畑も海も、俺と関係ない。そう思っているのが現代人である。そういう人たちに、虫と自分のつながりを説くのは、面倒くさい。

虫もあなたも、同じ生きもので、祖先から連続してつながっている。実感としてそう思えないのは、都市化が進んで、野山も田畑も生活から遠くなったから仕方がない。でも時にはいわば「我に返って」、世界を考え直してみてくださいね。そうした自然とのつながりを身近で感じさせてくれるものとして、虫ほどいいものはない。あちこちにいて、何をしているのやら、よくわからないけれど、なんだか必死で生きている、という感じがするじゃないですか。

生きるとはどういうことか、私はそれを虫や動物から学んでいる。思えば現代人は、仕方がないから行きがかりで生きている、という感じがしないでもない。まあそれでもいいけれど、必死で生きている生きものの姿は、本当に美しいんですよ。

（二〇一八年七月）

環境

豊かな里地里山をなんとか保存しておきたい。
それは私の夢で、前途はじつに多難だと思っている。

――「里地里山を想う」

いのちの大切さ

いのちの大切さ、と人々はいう。私はいのちという言葉を使わない。代わりに「生きもの」という。生きもののほうが具体的で、なにを指すか、はっきりしている。いのちという言葉はもっと広い意味を持っていて、いのちの源というように、生きている活力のようなものを含んでも使われる。文部科学省が「生きる力」といったのも、いのちと関係するのかもしれない。

私がこの言葉を使わないのは、この言葉が自分の議論に適切ではないと感じるからである。いのちは概念的な言葉で、概念を大切にするのは危険である。「生きものを大切に」といえば、具体的だからすぐに反論が出るであろう。そんなことといっても、人はウシを食べ、ニワトリを食べるじゃないか。反論が出るからこそ、生きものと表現したほうがいい。いのちと概念的に表現すると、そこをごまかすことになりやすい。でもいまはそこをごまかして済む時代ではない。生きものが大切だということを、子どもにきちんと教えられるようでなければ、「いのちを大切に」などといえない。

われわれはウシを殺して食べ、ニワトリを殺して食べる。それどころではない。日本人は魚を好んで食べる。それが健康食だというので、いまや欧米人も魚を多く食べはじめている。日本の商社よりも、ノルウェーの会社のほうが、魚を高く買い付ける。そういう記事が新聞に出る。マグロは絶滅に瀕しているという。将来マグロの絶滅は日本人のせいにされるであろう。

いのちを大切に、と呑気にいっている段階ではない。生きものを大切にしなければならないのである。ところがそういうと、昆虫採集は残酷だ、禁止だという。困ったものである。こういう目立たない生きものは、捕まえて調べていなければ、いなくなったのかどうかすら、わからないではないか。生きものを大切にするには、生きものについて、よく知らなければならないのである。ウシを飼い、ニワトリを飼い、魚について知らなければならない。沖合いで網を入れ、魚を取る。魚を食べている人たちが、魚ではないどれだけの生きものが、網にかかって殺されているか、ご存知であろうか。それでも人々は「いのちを大切に」という。それをいっておけば、あとは私のせいじゃない。そう思っているのではないか。そう疑う私は、意地が悪すぎるのであろうか。

見えないところに、どれだけの生きものがいるか。それをお考えになったことがあるだろうか。考えているはずがない。私はそう思う。見えない世界の生きものについて、考えたことがあるなら、日本中がこれだけコンクリート詰めになるはずがない。どれだけのミミズを殺し、モグラの住居を奪い、セミやオケラの世界を潰しているか。そういう目に見える生きものがじつは問題なのではない。土中の細菌、カビ、菌類の世界について、われわれはほとんどなにも知らないといって過言ではなかろう。その土に化学肥料をまき、除草剤をまき、殺虫剤をまき、挙句の果てにコンクリート詰めにする。それで「いのちを大切に」という。そりゃ聞こえませんわ。

いのちを大切にしていないのは、子どもではなく、大人である。子どもはそれに影響されているだけである。その子どもが三十万円出すから、母親を殺してくれと頼む。頼むほうも頼むほうだが、引き受けるほうも引き受けるほうである。大人の鑑ですな。本気で考えると、背筋が寒くなる。国土の一割をゴルフ場にしようとしたのはだれか。ホリエモンを生み出したのはだれか。金さえあれば、できないことはない。そう思わせたのは、だれか。少なくとも子どもに責任がないことは明らかであろう。

いのちの大切さ、と聞くたびに、じつは腹が立つ。自分がやってもいないことを、標語にするんじゃない。この問題を解決するには、どうすればいいか。モノに即して具体的にいうなら、答えは簡単である。世界が石油切れになればいいのである。石油が切れれば、物流が不自由になる。物流が不自由になれば、自給自足しかない。地産地消をしようと思ったとたんに、生きものの大切さがわかるであろう。工場による分業は、運搬の費用が安くつくから可能なのである。物流が高価になれば、安くて重いものは運べなくなる。相対的に値上がりがひどいからである。食料はその典型であろう。それなら人は食料のあるほうに移動するしかない。食料とはなにか。植物を含めた「生きもの」ではないか。その生きものが栄えている土地こそ、食料が豊かな土地である。

都会の人が生きものを大切にしなくなるのは、一種の必然である。頭で考えることしかしないからである。頭で考えること、つまり意識には、どれだけの歴史があるか。人類が現在のような意識を持ってから、たかだか五万年であろう。それに対して、生きものの歴史は、多細胞の生物が生じてから五億年以上になるはずである。それなら意識なんて、とんでもない新参者である。新参者に偉そうなことが可能なのは、石油エネルギーがタダ同然の値段で使えるあいだに過ぎない。

個人的には、まず田舎に行くことであろう。いまは田舎が田舎ではない。それなら頭のなかに田舎を取り戻すことである。そんな説教をしなくたって、じつはだれでもわかっていることであろう。身体を使って自然のなかで働けば、外からのエネルギーなしに、人にはどの程度のことが可能か、それがわかるはずである。それを体験すれば、人々はいまよりはるかに謙虚になるであろう。それをしないのは、怠けているだけのことである。怠けることを続けるなら、石油切れを待つしかない。

（二〇〇七年一月）

水と虫

ゲンゴロウがずいぶんいなくなった。スジゲンゴロウのように、子どもの頃にはいくらでもいた種類も、いまでは絶滅種か、絶滅危惧種になったらしい。あまり知られていないと思うが、水生のハムシであるキイロネクイハムシは、一九六二年九州での記録を最後に絶滅種と認定されている。日本産の甲虫では最初の絶滅種であろう。

なぜいきなり虫の話なのかというと、この虫たちは淡水に棲むからである。田んぼや池や湿地などの淡水の環境が、すっかり変わってしまった。大きな影響を与えたのは、洗剤や農薬を代表とする化学薬品の普及だといわれる。でもたぶんそれだけではない。古くからある池も、手入れが進んで、虫が棲むには向かなくなった。田んぼは冬は水を落とすのが普通である。湿地は埋め立てられ、住宅地に変わった。

大学院生の頃に水に凝っていたことがある。ニワトリ胎児の組織をガラス器のなかで培養する。それがうまくいったり、いかなかったりする。あれこれ原因を考えるのだが、どうもよくわからない。ひょっとすると、培養液に使う水に関係があるのではないか。そう思って蒸留水を作るのに凝った。学会で同じような研究をしている先生に尋ねてみると、蒸留水は自分で作っているという。市販のものは信用できないというのである。

自分で蒸留水を作ってみたが、そこではたと困った。ちゃんと蒸留できていて、純粋の水になっているのか。それを調べる方法がない。もちろん混ざりものの予想をつけて、それをチェックすることはできる。でもほかの混ざりものについては、わからない。ありとあらゆるものを調べるわけにはいかない。最善の方法で蒸留して、さらに再蒸留して、それで組織を飼ってみればいいのではないか。実験がうまくいけばそれでいいからである。べつに水の成分が調べたいわけではない。

この話の結論は簡単だった。培養に使っている組織から、マイコプラスマが見つかったのである。市販のニワトリの卵を使っていたのだが、それにマイコプラスマが感染していた。混ざりものには違いなかったが、水が犯人ではなかった。この微生物はいまではヒトに肺炎を起こさせるので、よく知られている。

水は生きもののあらゆる面に関係する。でもそこに留意する人は少ない。毒キノコは茹でれば食べられるというと、多くの人が疑う。でも毒がお湯に溶けて出るから、茹でたお湯を捨てればいい。ただし毒キノコを鍋料理に入れてはいけない。ファーブルは茹でたらベニテングダケでも食べられると書いている。フグの食べ方も基本は同じ。毒を水に溶かして、捨てればいい。水に溶けない物質は毒にはならない。生体に作用しないからである。だから医者は不溶性のバリウム塩を使う。

若かったら、虫と水の研究をするのになあ。そう思うこともある。水虫ではない。水と虫の関係を知りたいのである。

（二〇一三年一月）

里地里山を想う

「里地里山」という言葉は、最近のものだと思う。私が子どもの頃は、ただ「山」といっていた。山にも本当の山つまり自然林と、里山つまりただの山があった。子どもが虫をとるのは、こうした里山だった。そこにはいろいろな虫がいて、あとで考えてみれば、それがいわゆる普通種だったのである。

普通種とはどこにでもいる虫で、身近に見かけるものである。身近にいるということは、ヒトが平地に住む傾向があることを思えば、平地性の虫である。だから図鑑にはそうでない虫を山地性と書いてあった。いまでは自然林に見られるということであろう。

その里山が、今ではしだいに自然林のほうに移行している。人間が手を入れないから、当然であろう。しかし移行期だから、完全な自然林でもないし、そうかといって、人手による秩序もない。いわば変な山が増えた。そこを土建屋さんが資材置き場にしたり、だれかがゴミを捨てたりするので、場所によっては目を覆わんばかりの姿である。見たくない。

こうした荒れた環境でも、まだ頑張って生きている虫がいる。そういう虫がなぜ生き続けているのか、近頃になってやっと理解した。今のような都市型の環境でも生きられる虫は、自然状態ではどこに住んでいたのか。荒地である。自然状態でも荒地は発生する。河川の氾濫、崖崩れ、噴火、津波など、さまざまな災害がある。そういう場所に好んで住む虫たち、それがヒトの文明とともに数が増えたのであろう。ヒトが作り出すのは自然の目から見れば、典型的な荒地だからである。そこにカチッとした生態系はおそらく成立しない。

里山は自然林と荒地の間にある。そうとしかいいようがない。両極だけが定義できるが、あいだの実態はさまざまである。だからそこの虫は、長い年月のあいだに変わっていく。私は生まれたときから鎌倉だが、鎌倉の「山」の虫は、ずいぶん様変わりした。丁寧に書いてもわからないと思うが、要するに森の虫がいささか増えて、開放環境の虫が激減した。ただし全体としてはずいぶん貧弱になった。虫の数が減った。それも極端に、である。思い出したくもない過去がある。イヤだから思い出したくもないのだが、過去がイヤなのではない。豊かだった過去に引き換え、いまはあまりにも虫がいないので、過去を考えたくないのである。

海岸の松林に、犬の死体があった。そこにルリエンマムシとオオハネカクシが無数に集まっていた。いまこの二つの種類を神奈川県で見つけたら、専門の雑誌に記録するような事件であろう。それを考えてもわかる。私が生きているあいだだけでも、世界はすでに荒涼としてきたのである。

豊かな里地里山をなんとか保存しておきたい。それは私の夢で、前途はじつに多難だと思っている。その詳細は語るまでもないであろう。

（二〇〇六年十月）

田舎暮らしの勧め

今年も高知に行った。次は島根に行く予定になっている。こういう地方は田舎、いわゆる貧乏県で、開発が進まない。ということは、虫が多いということである。だから行く。

虫だけのためかというなら、それは違う。東京が嫌いだからである。人がよくない。意地が悪いし、機嫌が悪い。相手をするのに気を遣う。話をすると、聞いたフリはするが、本当には聞いていない。それが証拠に、提案しても実行しない。

東京都がスギ花粉の少ない森を作るというので、そりゃ結構だと賛成した。花粉は関係ない。スギが減れば、虫が増える。虫のエサになる広葉樹が増えるからである。それだけのことである。東京都がそんなことを始めた動機は、知事が花粉症になったからだという。ザマア見ろ。腹の底ではそう思っているが、むろん公にはいわない。

団塊の世代が引退して、地方に住みたい人が多いという。七割とかいう数字を聞いた。それならはじめから地方に住めばいいのに。東京に住んでいる人たちは、おおかた地方から来た人たちであろう。それなら老いて故郷に帰りたいのは当然である。私は鎌倉生まれの鎌倉育ちだから、いまでも仕方なしに住んでいる。いいところにお住まいですな。そんなことをいわれるが、関係ない。生まれたときから住んでるんだから、ロクなところじゃないと、よく知っている。どういうふうにロクでもないか、説明するのも面倒くさい。

地方に住めというと、現金収入がないという。もっともである。だから都市から税金を吸い上げて、地方に回した。それがいろいろな公共設備になったりしたが、あまり使い物にならない。人間は設備で食っているわけではない。働いて食っているのである。

まだ田舎に道路を作ったりしている。いまとなっては、もはや自然破壊というほうが早い。それでも作る理由は、公共事業でお金が入るからだという。それなら金だけもらって工事をするな。そういいたい。そうすれば、工事そのものにかかる費用が不要だから、いままでより少ない額で足りるはずである。それを関係者が使ってしまえばいい。たとえば引退した老人のために使えばいい。

経済はそれじゃ動かない。専門家はそういうであろう。そうかな。それは今のシステムを既定のものとして、一切疑っていないからではないか。

団塊が引退して、暇な人の一大勢力が発生する。こうした人たちが、現在は当然とされているシステムをぶち壊す運動を開始したらどうだろうか。そんな夢を見る。若者をどんどん働かせる。稼がせて、自分たちは田舎で暮らす。土地はあるし、空き家もたくさんある。どこだって住めば都である。現金が必要なら、国にたかればいい。それが不足するなら、若いものの稼ぎが足りないのである。もっと働かせる。

田舎に住んで心配なのは医療だという。六十を過ぎたら、たいていの病気は治らない。救急の手当てを必要とする患者なんか、そうはいない。緊急時のためには、ヘリコプターを使えばいい。オーストラリアの山中で骨を折ったら、すぐにヘリが来る。ヘリを使うのに、舗装道路なんかいらない。団塊老人は国にヘリを要求すべきである。医療が心配だというなら、それをなぜしないのか。

本当には田舎に住む気がないからであろう。だから東京は嫌いだと書いた。ああしたい、こうしたいというが、本気ではない。本気でない人につきあっても、こちらが損をするだけである。私はだから一人で田舎に行く。住んでもいいが、女房がいやだという。女房がいないと不便だから、とりあえず辛抱している。でも、家にいる時間といえば、年の半分もないであろう。あとは田舎に行く。食物はおいしいし、空気はいいし、人は親切だし、なぜ都会にこだわるのか、私にはわからない。たぶん退屈するのであろう。その面倒までは、私はみられない。六十になって退屈するのは、本人のせいで、私のせいじゃない。

（二〇〇六年七月）

半農のすすめ

環境問題に熱心な、知り合いの大工さんが、二年ほど前、田んぼをやった。有機栽培で米作りを試みたのである。なにが大変だったかといえば、草取り。朝早く夫婦で起きて、草取りをする。腰が痛くなって、死ぬかと思った。そういう。それでもともかく収穫まで頑張った。粒は小さかったが、米は取れた。その一部は、私が貰って食べてしまった。おいしかった。

この話を新聞に書いた。その後、やはり知り合いの専業農家のオヤジに会った。その話を読んで、腹を抱えて笑ったという。ど素人めが、ザマア見ろ。その大工さんはもう米作りはこりごりだという。半農なんて、そんなものである。

でも日本の農家の八割以上は兼業じゃないか。そりゃそうだが、農家が兼業をしても、農業自体についてはもともとプロである。プロが手を抜くのと、素人が最初からやるのでは、雲泥の差がある。プロの野球選手がアマで働くようなものであろう。手を抜けばいいのだから、楽に違いない。アマがプロの世界に手を出したら、そうはいかない。農業でいうなら、適当に野菜でも作って、自分で食べる。それが素人の限度であろう。

それならなぜ半農のすすめなのか。その説明が面倒くさい。要するになにをすすめているのかというと、自然との付き合いである。現代人はそれをやったほうがいい。私は本気でそう思っている。

私自身は虫を捕る。小学校以来だから、年季が入っている。虫捕りだって、自然との付き合いである。人生に必要な、大切なことは、ほとんどそれで覚えた。というふうな説明をしても、たいていの人は聞き流す。その理由もわかっているつもりである。だって、そういうことを本気でやったことがないのだから、わかるはずがない。

というと、現代の人はなんとなく怒る。怒らないとしても、不快に感じるであろう。なぜなら、現代人は、説明されれば、わからないことはないと、堅く信じ込んでいるからである。じゃあ訊くが、男にお産の具体的な説明をしたら、理解するか。世の中には、やってみなけりゃわからないことは、山のようにある。それをわからなくしているのは、いわゆる情報化社会である。情報とは、そこの肝心なところがわかっていなくても、わかることをいうのである。お産を「お産という言葉」にすれば、なんとなくわかったように思うではないか。ではあなたにお産の介助ができるか。

農業だって同じである。先ほどの大工さんは偉い。自分が体を使う仕事だから、農業を実践して、こりごりした。それでいいのだと私は思う。大工を懸命にやれば、どうせ同じことを覚えるからである。大工だって、自然の相手をすることに変わりはない。工場で作ったプレハブものを組み立てるだけなら、サラリーマンと似たようなものだが。

こう説明したって、やはり気に入らない人はいるだろうと思う。まだ説明に不足なところがあるからである。それはなにか。自然に接する仕事をしていると、自分の都合では物事が動かないとわかる。たかが田んぼの草取りだって、そうなのである。腰が痛いから今日はダメだといっても、草は待ってくれない。一日遅れたら、その分ちゃんと伸びてしまう。相手に合わせるしかない。そうやって相手に合わせられるか。電車が五分遅れたってイライラする人に、そんな辛抱があるはずがないじゃないか。

それでもまだ説明が不足であろう。自然に接して覚えることとは、知識ではない。じゃあ、なにか。自分が変わる。根本はそのことである。自分が変わると、当たり前だが、世界が変わる。そこまでやらなきゃ、どんな仕事も実は意味がない。現代人は「自分は自分だ」と思っている人のことだから、それが通じない。当たり前で、自分が変わった経験がおそらくないからである。変わってしまった自分がなにを考えるか、そんなこと、「いまの私」にわかるわけがないじゃないか。それでもあらかじめそれを知ろうとする人を、私は現代人と呼ぶ。その意味の現代人は、まことに救いがたい。

じゃあ、どうすればいいんですか。現代人はまたそれを訊くであろう。訊くに違いない。だから私は自然のなかで体を使って働け、とただいう。それ以上、もはやいうことがないではないか。

（二〇〇七年三月）

島の自然

日本は自然が豊かな国である。その豊かさが日本人の感性を育み、独特の日本文化を創り上げてきた。そのことに日本人自身が案外気が付いていないと思う。

旅を重ねるとわかるが、地元の人は意外に自分が見慣れたものを評価しないのである。日本人にとっての日本の自然がそれであろう。何であれ、良いものを良いと評価できるためには、見る目を育てることが必要である。そのためにはゆっくり余裕を持って、自然を観察する必要がある。その余裕がないと思う人は、自分の心の余裕をなくさせているものの正体を看破しなければならない。その犯人が仕事であるなら、仕事から離れる勇気をもたなければならない。

身近な自然は見慣れてしまうので、当たり前のつまらないものとつい感じてしまう。自然の良いところは、もう一つある。奥が深いので、決して飽きないことである。私は八十歳を超えて、南の島々に虫を調べに行く。奄美大島に最初に行ったのは、五十八年前である。今年、何回目になるか、また訪れて、最初に行った場所を探して、虫を採った。自然は極め尽くすことができない面白さを有している。

屋久島はすでに指定されているが、今回それより南の日本の島々が世界自然遺産に登録された。指定された島々に限らず、日本の人々には、ぜひ自分の好きな島をそれぞれに見つけていただきたいと思う。島の魅力は訪れてみればわかるはずである。国内にそうした自然豊かな島々が存在するのは、まことに幸運というべきであろう。

（二〇二一年十一月）

思考

先生に真理は単純だといわれたとき、
私は頭の中で「でも現実は複雑ですよ」と反論していた。

――「複雑ということ」

時空と納得

時間という概念はどこから来たのだろうか。カントはこれを空間とともにア・プリオリとした。つまりヒトの認識にはじめから備わっているとしたのである。

以前、このことを私は『唯脳論』（青土社／ちくま学芸文庫）で論じた。聴覚運動系は時間を内在し、視覚は空間を内在している。つまり時間のない音はないし、空間のない像はない。ところが概念、つまりヒトの使う言葉は、視覚と聴覚に共通である。それなら、時間と空間という概念は、言葉の基礎として前提されなければならない。さもないと、視覚と聴覚に共通のものとしての言語が成り立たないからである。別な表現をすれば、時空という概念がないと、視覚と聴覚は、意識の中では、たがいにまったく理解あるいは交通できなくなるはずなのである。カントは哲学者で、哲学は言語をおもな方法としている。言語を主として用いる哲学者が、時空をア・プリオリとしたのは、その意味ではなんともつじつまがあっている。

というふうな説明は、一般性がない。そう私は思ってきた。どういう意味で一般性がないのかというと、なかなか理解してもらえないからである。このあたりが、ヒトの脳の面白いところである。私自身の脳は、右の説明で、けっこう納得するところがある。ところが、私以外のヒトがどういう説明なら納得するのか、そこが私にはわからない。当たり前で、私の脳は他人の脳ではないからである。

論理はしばしば追い切れなくなる。それは高級な数学を考えれば、だれでもわかるはずである。きちんとした証明を読んでも、まったく理解できない。ふつうはそれを「頭が悪い」の一言で片付けようとする。それはいささか乱暴である。脳を科学の対象としてみれば、「わからない」、「論理が追いきれない」については、それなりの理由があるはずだからである。その具体的な理由は、それぞれの人の脳にあるというしかない。

ともあれ、きちんと論理的に証明された話に抵抗することはできない。ピタゴラスの定理が気に入らない。そう思って、それに反抗してみても、証明されてしまえば、それまでである。私はそれを強制了解とよぶ。自然科学はそこにさらに実験を持ち込む。それによって、強制了解をさらに強めるのである。

時空については、その種の実験ができない。じつはできるはずなのだが、実験の対象はこの場合にはヒトの脳である。私の説明が脳についての説明になっているのは、おわかりであろう。それではなかなか「実験」できない。そこで言語で議論するわけだが、言語による議論は、強制了解としては不十分なのである。だから私が時空について説明しても、納得する人と、納得しない人がたいてい出てしまう。右の説明は納得しない人の方が多いのではないかと、私は想像している。そもそも言語の前提を言語で説明するのは無理がある。カントはそれが「わかっていた」から、ア・プリオリといったのであろう。

ところが自分で納得してしまうと、当たり前だが、それ以上は考えなくなる。だって自分では「わかってしまった」のだから、それ以上考える必要が生じない。そんなことを思っていると、「考える」ということの正体がなんとなくわかってくる。そんな気がするのである。つまり「考える」というのは、自分の頭の整理なのである。どういう整理かというなら、「もっともエネルギー水準の低い状態に落とす」とでもいえばいいであろうか。一種の安定平衡点を探す作業なのであろうと思う。

たとえば、時空について考える。それが安定平衡にたどり着いてしまえば、もはやそこから動かなくなる。つまりとりあえず「わかった」わけである。安定平衡に達していないとフラフラ揺れるから、落ち着かない。だから「考える」。つまりなんとか落ち着かせようとする。私の場合には、脳の中で時空は安定平衡に達してしまったらしい。だから過去に『唯脳論』に記した領域を、もはや出なくなった。

私が「自然」科学者になりそびれたのは、こういう考え方をするからだと思う。自然科学では、法則性は外部にあるとみなす。時空はあくまでも自分の外に存在するのである。自分の外にあるから、「客観的」なのである。でも私は、それでは納得しない。私の脳はそうした前提では安定平衡に達しないのである。時空が「外にある」といったところで、そう考えているのはあんたの脳じゃないか。そういいたくなってしまう。それならすべては脳の問題になる。

科学論文では、「材料と方法」という項目を置く。私も昔は論文を書いたから、そういう項目を律儀に書いた。でもその都度、自分で思うことがあった。私の使っている最大の方法は、私の脳じゃないか。だからそれは著者名になるわけだが、著者名はふつう「方法」と意識されていない。だから論文は「その人の業績」などとみなされる。そこでも私の脳は安定平衡に達しない。その人の業績といったって、それはその人の脳の整理じゃないか。勝手に自分の頭を整理しただけじゃないのか。

もちろん、他人の脳に関する、他人の脳の整理が、私の脳の整理になることも多い。それを勉強というのであろう。よく整理できたときは、「目からウロコが落ちた」などという。今まではまったく違うところに安定平衡点が生じたのである。ともあれ私個人の場合、時空についていうなら、カントの説明で十分であり、さらにそれを自己流に表現した右の説明で十分なのである。

そうなると、生物がどう時間を処理しているかなどという話題に、じつは興味が生じなくなる。だって、視聴覚を連合する必要がなければ、時間は時間、空間は空間で、別々に処理してもいいはずだからである。それなら時空という概念は不用である。もちろん別々に処理しているのかどうか、それは具体的に確かめなければわからない。たとえば昆虫の脳がどのように時空を処理しているか、それは虫の脳を調べてみないとわからない。しかし昆虫の行動をみていると、そんな必要はないだろうと、乱暴に思うのである。なぜなら昆虫の行動は、ほとんどロボットのようだからである。

ここでは話が飛んでいる。それはわかっているが、説明が面倒くさい。歳をとってから思うことだが、説明はしばしば面倒くさいのである。若いうちは体力があるから、それを感じない。年寄りがご託宣を述べる傾向があるのは、説明が面倒くさいのだと思う。体力がなくなると、そうなるというのは、おわかりいただけるであろう。死にそうな病人が、生きることについて演説するはずがない。自分の苦しい状態をナントカしてくれと思っているだけである。私もそろそろそういう状態に近づいたらしい。

（二〇〇五年三月）

隣の芝生

隣の芝生は青いというのは、意味がよくわからない。芝生の青さはどこも同じだが、隣の分はうちより青く見える。その背後にあるのは、やきもちだというわけであろう。これをひっくり返すと、他人の不幸は蜜の味というのもあったような気がする。どちらも人間の真実を突いているとは思いたくない。

最近の若者は心理が好きである。臨床心理学の志望者が多いと聞く。臨床心理士という資格があって、そのせいもあるかもしれない。

心理が好きだということは、たぶん自信がないのである。自分がどうだとか、他人がどうだとか、それをたえず考える。ところが心理とはとらえどころのないものだから、考えれば考えるほど、不安になる。心理を考えたいと思う心理が、いまではふつうの心理になっているらしい。

じつは私も、若いころには、心理好きだった。医学部の学生だったから、心理というより精神病理である。自分自身が危なかったのであろう。親戚に病気がないわけではないから、病気にならなかったのは、たぶん運である。

統合失調症、昔の分裂病については、一卵性双生児に関する詳しい研究がある。アメリカのものである。完全に遺伝性なら、双子の双方が発病するはずである。むろんそうはならない。しかし双子の間での一致率は四割ほどになる。一方が発病しても、他方が発病する可能性が半分もないということは、この病気は完全に遺伝的ではないが、遺伝がある程度関係していることを示す。

むしろこの結果の面白いところは、遺伝的にまったく同じでも、発病するかしないかが五分五分に近く分かれるということである。だから先に「運」といったのである。私の場合、十分に素質はあったかもしれないが、たまたま発病を免れたのかもしれない。どうもそんな気がする。

若いころに、一生懸命、精神科の教科書類を読んだ。だれでも経験するであろうが、教科書の病気についての記述が、自分に当てはまる。そう思ってしまう。医学部生ではない友人に読ませると、アッ、俺のことが書いてある、などという。つまり心理というのは、ずいぶん一般的なのである。たとえ病気の心理であっても、それを記述しているのは「まともな」人だから、どうしたって、記述がまともになってしまう。だから若者が自分のことが書いてあると思ってしまうらしい。異常な心理などというが、そんなものをきちんと記述したら、だれも理解しないであろう。理解できないから、異常なのである。

それを拡張すると、逆の考え方になる。それは、心理とは集団心理だ、というものである。フロイドは暗黙にそう考え、その弟子といってもいいであろう岸田秀氏は、そういう。私もそれに賛成である。理解できる心理は、集団心理である。なぜなら、まったく個人に固有の心理状態など、理解できるはずがないからである。

ところがその「常識」が通らない。面白いことに、岸田秀氏の書物を書評した人たちがそうなのである。好意的な書評なのに、岸田氏の解釈をトンデモ本に類する部分があると評する。その意味は、個人の心理を集団に拡張していいかという疑問なのである。じつは個人の心理などない。あるかもしれないが、他人と共通でなければ意味がないから、そんなものは、あってもなくても同じなのである。たいていの人はそこに気づかない。西洋近代の個人というもの、それに関する誤解の深さを思い知らされる例である。

個性はたしかに個人のものだが、それは身体に帰属する。脳は人によって異なる。それはもちろん個性である。しかしそのはたらき、つまり心、すなわち心理は、他人と共通性を持たないかぎり、社会的に意味がない。社会的に意味がないということは、意味がないということである。

だって、個人の心理を書いた小説があるじゃないですか。それはそうだけど、その心理が読者に理解できなければ、小説にならないでしょうが。理解できるということは、共通だということでしょうが。それでなければ、理解できないじゃないですか。

理屈をとったら、もっと明瞭である。数学は正解が一つである。論理を追えば、そうなってしまうからである。数学に個性的な答えなんか、ない。もちろん人と違った解法をとることはできる。しかしそれが正解であることを、他人は「理解してしまう」のである。それでなければ、正解かどうか、わからないじゃないですか。

まだしばらく岸田氏は誤解のなかに置かれるであろう。心理に個性なんか、ない。あったら、それこそ病院行きである。他人からは理解できないからである。それが常識になるまでは、ダメであろう。

若者たちが心理を学びたがるのは、その意味では健康なのかもしれない。心理のあたりになにか問題がある。それを嗅ぎつけているのかもしれないからである。そうなら未来は明るいと私は思う。

（二〇〇三年十月）

科学とはなにか

科学というものについて、たしかに考えた時期があった。なにしろそれには「自分は科学者か」という具体的な疑問を伴っていたので、いささか疲れた覚えがある。結果的には「とりあえず科学者ではない」という結論になった。だから大学を辞めようと思い、しばらくして辞めてしまった。その後に勤めた大学では、科学者というフリ、あるいは擬態はしなかった。

科学というものが、あるかどうか。そういう疑問を立てたとしても、科学は実体ではないから、科学の存在を実験室で証明することはできない。したがって、科学はあるかという疑問は、科学上の疑問にはならない。したがって、科学者なら、そういう疑問に悩むことはない。ゆえに私は科学者ではない。そういう結論になった。たいへん論理的な結論だと思ったので、私自身は満足している。

それでどうなったかというなら、私自身は幸せになった。科学者として、あるいは科学者と周囲に誤解されて、生きていくことには、なかなかに辛いものがある。それがなくなったら、すっかり楽になった。虫歯を抜いてしまったようなものである。青天白日、外の世界が明るく見えた。これは実感である。

科学といえば「客観的」、それに尽きる。若いころの私はそう思っていた。それでは客観性とはなにか。なにかを「客観」だと判断しているのは、どう考えても自分の脳であるらしい。それでは脳自身は客観的か。どうもそうとはいいにくい。なぜなら客観の反対語である主観を生み出すのも脳らしいからである。ひょっとすると、それならすべては脳じゃないのか。そう思って『唯脳論』を書いた。

客観には具体的な根拠がある。その通りだと思う。具体的とはなにか。モノに基づいている。それなら主観も客観も、脳というモノに基づいている（であろう）。それなら主観は客観か。

わけのわからないことをいうな。脳について議論をすると、こういうわけのわからないことが、すぐに出てくる。これを自己言及の矛盾という。そこまではわかる。そこから先がわからない。なぜ脳は自己言及をし、矛盾を生み出すのか。「そういうものだ」。そう思うしかない。どこかで「そういうものだ」と思わないと、考えが循環してしまうのである。「そういうものだ」と思えば、「またはじまった」で済む。

ともあれ科学は「客観主義」を社会に産み落とした。科学の意図がそこにあったか否かは知らない。すでに述べたように、科学は実体ではないから、科学にそれを尋ねることはできない。実体に対してなら、実験という形で、「なにかを尋ねる」ことが可能である。しかし科学に対して、科学の意図を尋ねることはできない。

客観主義は世界に蔓延した。科学的思想の普及である。たとえばＮＨＫは公平・客観・中立という。科学もおそらくそう思われているであろう。私はＮＨＫを糾弾しているのではない。そこに現代社会の明白な傾向が見えている、といっているだけである。なぜ公平・客観・中立なのか、それを問うても返事がない。それで当然といわれるだけである。

そのどこが問題か。この世の事実を、公平・客観・中立に記載すると、仕事は無限になってしまう。それなら「かいつまんでいう」しかない。科学はその対象を上手に「かいつまんでいう」ことができる。月が地球の周囲を回るのも、私が屋根から落ちるのも、飛行機が飛ぶのも、すべて力学で説明できる。つまりすべては「同じこと」である。「要するに動いているんですからな。力がかかってるんですよ」。

私の人生をかいつまんでいうこともできる。墓地に行って、墓碑銘を見ればわかる。名前のほかには生年と没年が記される。あとは一行、なにかがあればいいほうである。人生をかいつまむと、結局はそうなる。それを客観という。

それでいい。そう思うなら、それでいいのである。ただし私はそう思わなかった。どう思ったかというなら、「神は細部に宿り給う」と思った。その細部は、科学においても、いわゆる客観報道においても、間違いなく消えてしまう。だからトリヴィアという番組が流行するのかもしれない。細部が「つまらない」なら、あんな番組が成立するはずがないではないか。

私は詳細を好む。事実とは詳細のことだと私は思うが、それは科学では歓迎されない。詳細は邪魔になるからである。なんの邪魔になるかというと、「かいつまんでいう」ためには、邪魔になるのである。だから省略されるが、省略された事実は、もはや「事実ではなくなる」。正確には「より事実から遠ざかる」のである。

結論をいいなさい、結論を。科学というものはない。あると思っている人がたくさんいるだけである。なぜなら、すでに述べたように、科学は実体ではないからである。そこで私は突然、科学者になる。科学者というのは、実体しか信じない人のはずだからである。おわかりいただけたであろうか。

私は実体を信じている。カントのいったように、物自体を知ることはできない。それならそれは「信じる」しかないものである。私はそうした実体を信じている。だから詳細にこだわる。詳細は実体だから、正確には「より実体に近いから」である。科学者はそう思っていないらしい。科学者が信じるのは、質量であり、重力であり、水分子であり、ＤＮＡであり、そして科学である。それを私は実体ではなく、抽象だという。科学者はそれを実体だという。これでは私は科学者になれるはずがない。

私は実体を信じるから、「科学」という存在を信じない。科学者は実体を扱うといいながら、科学という抽象を信じている。私には科学者は変な人たちに見えるが、科学者は私を変だと思うであろう。人間とはそういうもので、脳とはそういうものなのである。

（二〇〇四年二月）

自我と死

半世紀前まで、死はふつうのことだった。私の父は昭和十七年、結核のため自宅で死んだ。私は当時四歳。

昭和二十年八月十五日、敗戦の日に、私は小学校二年生だった。母の田舎に疎開しており、叔母から「日本は戦争に負けたらしいよ」と聞いた。そのときに「だまされた」と思った。

この日のことを、似た年代の人たちに尋ねてみることがある。私よりも数年上だと、なんというか。「助かった」と思ったという。兵隊にとられるか、戦災でやられるか、どのみち死ぬと思っていたのに、終戦と聞いて「助かったと思った」というわけである。正直なところであろう。小学校の上級から中学生で、すでに死を覚悟していたのである。

その人たちがいまどうなったか、おそらく「死なない」と思っているらしい。死なないというより、死ねないというべきかもしれない。そのどちらも本当ではないかと思う。

なぜ「死なない」のか。もちろん「変わらない自分」があると思っているからであろう。「変わらない」自分なら「なくなる」はずはない。ということは、「死なない」「死ねない」ということなのである。
「そりゃ、理屈でしょうが」。そういわれそうだが、死という話題なら、理屈になるに決まっている。自分の死なら、自分ではむろん体験できない。それならそれは理屈になるしかない。他人の死は体験できるが、これは自分の死とは違う。まさに他人事になってしまう。別な話になってしまうのである。

変わらない自分とは、西欧近代の自我ということである。これは明治期に入ってきたもので、戦後はとくに強く常識になった。一つには、家制度が完全に崩壊したからである。かつては社会に対して、家が個人をある意味で「保護」していた。社会的な局面では、個人と世間が直接にはぶつからないで済んだのである。たとえば結婚相手を探すにしても、かならずしも個人対個人ではなく、親兄弟、親戚一同の関与があった。家は個人の行動を制限したが、それは同時に個人を保護するという面を持ったのである。

ところがその家制度がなくなると、個人と社会が直面してしまう。それなら公としての「個人」が必要だが、そんなものは日本の社会、つまり世間にはもともとない。なにしろ首相が靖国に参拝すると、「公人としてか、私人としてか」と、新聞記者が訊問する国である。公私の別だけがあって、公としての個人がない。そこで西欧近代の自我を取り入れて、それぞれが「個性を伸ばす」「自分で考える」ことによって、問題を解決しようとした。つまり「実質としての自分」を強化しようとしたのである。これがいささか上手にいっていない。公としての個があれば、それが社会から個を守る。それを「人権」というのだが、人権はまともな世間では、ほとんど悪口である。それは「人権派の弁護士」という言葉によく示されている。私流に表現するなら、「公としての個」がないから、人権の話がわけがわからなくなるのである。「人権」とは「公としての個」を社会的に規定したものである。その範囲を示すものとして、プライヴァシーという言葉がある。人権もプライヴァシーも世間では実質的には認められていない。ここでは世間という慣習と、法律に書かれた西欧式理解とが、矛盾したまま並存している。

同様にして、いまの世間では、死がわからなくなる。ここはややこしいところである。すでに「変わらない自分」があれば、そりゃ死なないじゃないかと述べた。そこがピンと来ない人も多いのではないか。「生きてる間だけ、自分は変わらない」のだ。それは変である。なぜなら、それなら「なぜ変わらないのか」という疑問が生じてしまう。生きているということは、じつは変わるということなのである。そんなことは、わかりきったことであろう。「変わる」のなら、死ぬのは変ではないが、「変わらない自分」があると思っているから、「なぜ死ななきゃならん」と思ってしまう。医者もそう思っているし、患者もそう思う。だから「死ななくなった」のである。

いまのところ世間には、「実質としての自分」しかない。すでに述べたように、公としての個がないからである。それが西欧近代の自我と結びついて、いわば実質的自己の不滅の法則みたいなものが、ひとりでに発生してしまったのである。少し考えたら、これが変だということは、だれでもわかるはずである。

それなら西欧近代の自我は、なぜ生じたのか。それは西欧のことだから、俺の知ったことじゃない。ふつうはそう思って、それ以上は考えないのであろう。近代的自我とは、なんのことはない、キリスト教の霊魂不滅を言い換えたものである。こうした宗教では、唯一絶対神が存在すると同時に、最後の審判がある。この世の終わりに、すべての個人が神の前で最後の審判を受けなければならない。天使のラッパの音とともに、すべての死者がよみがえるのである。それならそのときまで、「変わらない自分」が残っていなければならない。それでなけりゃ、最後の審判をだれが受けるというのか。そのあと天国に行くか地獄に行くか、振り分けられる。それなら永遠の霊魂がないと「話にならない」。

十九世紀の西欧では、そんな「迷信」はもはや通じなくなった。それが新しい装いで登場したのが「変わらない自分」、すなわち西欧近代的自我である。つまりキリスト教の霊魂不滅の置き換えである。そんなものが、諸行無常のこの世間と、根本的には折り合うわけがない。もちろん諸行無常のこの世間でも、極楽往生を信じる人もある。しかし往生した自分がいまと同じ自分だなどという保証は、だれもしない。「同じ自分」では、往生にも涅槃にも成仏にも、なりはしないのである。

こう考えてみると、なんだか馬鹿馬鹿しいと思う。明治以来の鳴り物入りの西欧近代的自我、これはそろそろ殺すべきであろう。個性といい、独創性という。科学者の端くれとして仕事を始めた頃は、これが大きなストレスになった。「他人と同じでなにが悪い」。本音はそうなのだが、戦争中の一億玉砕で、すっかり懲りたのであろう。「他人と同じ」は人気がなかった。そのくせ、なんでも「アメリカと同じ」で暮しているのである。

（二〇〇四年四月）

理想と現実

理想は頭の中で、現実は外だ。それがふつうの常識であろう。でもよく考えてみると、どちらも頭の中なのである。頭がボケたら、中も外もない。だから「現実」は人によって違ってしまう。たとえ同じ人でも、脳の状況で違うのである。だからチェーホフは、「世界観とは風邪の症状だ」と述べた。風邪を引いても、世界観が変わるからである。風邪ではなくて、うつ病になったら、もっとよくわかるはずである。

たとえば会社は現実か、と考えてみる。そこに勤めている以上、会社は現実でなければ困る。ほとんどの人はそう思っている。しかし、会社だって潰れることはある。もっと大きな組織でも潰れる。歴史上、潰れた国を数えたら、大変な数であろう。

会社の前にある石ころも現実である。石ころはなかなか潰れない。だれかが運んでいってしまうということはあるが、運ばれた先に残っている。それでもそこで粉々に砕かれてしまうかもしれない。それなら諸行無常で済む。

西洋哲学を見れば、頭の中についても、頭の外についても、実在だという主張があるとわかる。頭の中が実在だといったのは、プラトンである。実在するのはイデアだといったからである。イデアとは、単純にいうなら、不定冠詞のついた名詞だと思えばいい。英語でリンゴといいたいなら、アン・アップルである。不定冠詞のついたリンゴは、外の世界には存在しない。外の世界のリンゴなら、定冠詞がついてしまう。

プラトンは不定冠詞の世界を実在といったが、アリストテレスは逆をいった。実在するのは個物だと主張したからである。それならフツーの常識に合う。でも頭の中も頭の外もある意味では実在に違いない。幽霊は頭の中にしかない。そう思ったとしても、頭の中には「ある」からである。それでなけりゃ、そもそも幽霊という言葉が存在できない。

じつは理想と現実に厳密な境はない。それは感覚器からの入力と、大脳皮質連合野の活動との境があいまいなのと、似たようなことである。外界の事物は感覚器からの入力として把握される。ふつうはそれを「実在」という。だからイギリス系の認識論は、それは感覚入力じゃないか、と主張した。存在するのは、感覚所与だというのである。「実在の」リンゴが与えるのと、まったく区別のつかない感覚入力を与えれば、つまり感覚所与が存在すれば、当人はリンゴを見ていると信じる。だからヴァーチャル・リアリティーという言葉ができた。

しかしそういうものが日常化すれば、連合野は用心するようになるはずである。リンゴらしいものが見えているが、本当にリンゴか。今度は触ってみることにするであろう。それでも実際のリンゴを触ったときと、まったく等しい知覚を与えてやれば、相変わらず騙される。

理想と現実の区別がないとは、つまりそのことである。理想は頭のほうから「下がって」来るが、現実は知覚のほうから「上がって」来る。脳科学はどちらの経路も実際に存在することを証明してしまった。上下のどちらから来たとしても、最終的には脳に特定の活動が生じる。わかりやすくしてしまうなら、上から来れば不定冠詞の世界になるし、下からくれば定冠詞の世界になる。

両者には若干の違いがあるから、定冠詞や不定冠詞になる。日本語でいうなら、助詞の違いである。「が」は不定冠詞の世界で、「は」は定冠詞の世界である。「昔々、おじいさんとおばあさん」と来れば、「がおりました」となる。次は「おじいさんは山へ」となるので、日本人ならその違いはだれでもわかっているであろう。しかしこういう議論に慣れていない人なら、しばらく考えないと了解できないかもしれない。

そう思えば、理想と現実は、定冠詞と不定冠詞の世界の違いである。日常的には助詞の用法を間違えると訂正されてしまうから、きわめて厳密な違いがあるといってもいいし、中国人の日本語なら、助詞をすべて排除してしまうから、それでも話が通じる以上は、どうでもいいといえば、どうでもいいのである。

なにがいいたいか。頭の中を外に実現したものが現代社会、つまり都市社会である。だからそこでは「頭のいい」人が出世する。だれもが大学に行きたがり、都会に住みたがるのである。なぜなら頭の中は台風も地震も冷害もないからである。それが「理想の」世界であることは、原始人の生活に戻ることを想像してみれば、イヤでもわかるであろう。だから私は、そういう世界を「御伽噺(おとぎばなし)の世界」というのである。

現代人には「夢がない」。よくそういわれるのは、現代社会が夢の世界をひたすら実現しているからであろう。暑ければクーラーで冷やし、寒ければヒーターで暖める。それだけを考えたって、わかるはずである。私が子どもだった頃には、せいぜい火鉢しかなかった。暑いときには、ひたすらガマンする。せめて木陰の涼しいところに移動する。いまでもうちのネコなら、それをやっている。家の中のいちばん涼しいところで寝ているのである。クーラーやヒーターという形で脳への外部入力を変えてしまえば、一種のヴァーチャル・リアリティーがすでにそこに生じていることは、おわかりであろう。

現代の都市社会に住んで、理想の生活とはなにか、などと考えているのは、極楽の餅の皮である。どういう意味かよくわからないが、死んだオフクロがよくそんなことをいっていた。当人は極楽に住んでいるから、あとは心配事を探す。それでなければ、釣り合いがとれないのである。どういう釣り合いかというなら、もともと自然のなかで生まれた人間が、脳の中に住んだという、そこから生じる釣り合いである。それでゴルフをやってみたり、健康法に励んだりする。釣り合いがとれさえすれば、それはそれでいい。それでもとうとう、このまま行くと最後に釣り合いがとれるのかどうか、そこまで心配をはじめた。それが環境問題、炭酸ガス問題であろう。

個人の答えをいうなら、私はいずれ死んでしまうから、環境問題など知ったことではない。しかしここまで脳の中に住んだなら、たまには脳の外について考えたほうが、人生が面白いのではないかと思う。一月でも勤めを休んで、百姓仕事でもしたらどうか。でもそれを勧めると、会社をクビになる、どうやって稼ぐんですかと訊かれる。私自身がそんなことを考えるタイプだったら、せっかく医学部を出たのに、解剖なんかやらなかった。稼ぐなんて、後からついてくる。ついてこなかったら、どうする。狩猟採集民なら、それでもともとではないか。すべては相手の動植物の都合だからである。そんな無責任な。というわけで、都会の人は責任の感覚まで違ってくる。私自身は付き合いきれないと思っているが、相手も同じように思っているであろう。要するに理想と現実なんて、自分の頭の納得の問題に過ぎないのである。

（二〇〇四年八月）

自然と人工

自然という言葉は、最近よく使われる。ところがその内容には、人によってかなりのズレがある。多くの言葉がそうだが、「自然」の場合には、それが極端ではないか。

私自身の用いる自然の定義は単純である。「人間が意識的に作り出したもの」が人工だとすれば、そうでないものが自然である。

それなら自然には地震も台風も噴火も含まれる。しかし「自然に親しもう、触れよう」とか、自然食品というときには、それは頭にないはずである。ここでは明らかに自然が価値観を含んで、「よいもの」として扱われているのである。

意識が作り出したものが人工だといったが、イランからの留学生に、自然とはなんだと訊ねたことがある。そうしたらコンクリートの床を指して、この材料がそうだといった。たしかに材質は自然である。砂漠を見慣れている人なら、そういうかもしれない。

エジプトの人は、ナイルの岸辺の緑を指して、自然だという。私からみると、それは全部、人間が植えた緑である。ヤシの木に加えて、あとは農作物だからである。

テレビを見ていたら、中国人が人工湖で水上スキーをしていた。湖には多数の木が水中から生えている。アマゾンから移植したらしい。この中国人が、インタビューに答えて、自然のなかですごすのは気持ちがいい、といっていた。こちらは口をあんぐり開けて、そういうものか、と思っていた。

これではほとんどメチャメチャである。自然と人工を自分自身に戻したほうがいい。仕方がないから、そう考えた。自分に戻せば、人工とは意識で、自然とは身体である。意識はあれこれ決めて、あれこれ指図をする。ところが身体はそれを聞いてはいない。寝ているときを考えたら、よくわかるであろう。寝ることは自然というしかない。

私の自然の定義がどのていど一般性を持つか、私は知らない。言葉は独り歩きするからである。それが世間というもので、個人が世間を訂正することはできない。少なくともそれには限度がある。だからいままではあまりこだわらない。でも自分で人工と自然というときには、右のような定義をしている。

この定義のよいところは、一般的にいわれる「自然と人工の対立」を解消するところである。心と身体は、ときに対立するといえば対立するが、同時に並立しなければ、どうにもならないものである。西行は自分の心だけは吉野の桜に飛んで行ったと詠うが、それでも帰る身体がなければ、心が宙に浮く。

同様に、都市と自然も、相対立するものではない。両者がなければ、世界は成り立たない。地球の上が全部、都市になった未来世界の像をときに見かける。一部のSFがそうである。そういう世界が成り立つと思っていること自体が、都会に住み、都会だけに生活基盤を置いている人間の、自分勝手なイメージなのである。そういう図柄が描かれるのは、たいていアメリカである。その意味ではアメリカ文明は典型的な都市文明で、田舎を無視するところがある。

歴史的にいうなら、それは当然である。ゲルマン的な都市宗教であるプロテスタントが荒野に移住して作り上げたのがアメリカだからである。インディアンをほとんど抹殺し、平原を埋め尽くしていたバッファローをほぼ全滅させ、数億羽のリョコウバトは一羽もいなくなった。インディアンを差別用語だなどというのは、その基礎にあるもっと大きな暗黙の差別を隠すポーズに過ぎない。差別どころか、あの世界では、「自然は存在しない」のである。聖書には「はじめに言葉ありき」と書かれている。聖書を絶対とするのがアメリカのファンダメンタリズムだが、「はじめに言葉があった」なら、すべては言葉であり、言葉は意識の典型的産物なのである。つまりははじめに「意識ありき」である。

言葉で書かれている聖書がそう自己規定するのは、それで当然であろう。しかしそれは聖書が自己完結していることを意味するだけであって、世界はべつに聖書ではない。そんなことはあたりまえであろう。人間とは抽象的なもので、それに動かされるのだが、ほとんどの人は自分が「現実的」だと思い込んでいる。現に多くの人が私は抽象的な議論をすると思っているのだが、私から見れば、そういう人のほうがはるかに抽象的なのである。たとえばお金は抽象の典型だが、アメリカ文明はお金の文明である。あんな抽象的なものを山ほど集めて「豊かだ」というのだが、それは兵器を買うお金であり、高価な車を買うお金であり、高層ビルを建てるお金である。それで人間がどれだけ幸福になるか、バカでもわかることであろう。

アフリカの人たち、たとえばマサイ族やトゥルカナ族では、牛を持っている人が偉い人である。この牛はコブ牛で、じつは実用性がない。飢饉になっても、食べるのは牛よりは山羊、羊、鶏である。じゃあ牛はなにかというなら、地位、名誉、財産の象徴であろう。マサイ族は牛は神様がマサイのために作った動物だという。だから牛がいなくなったら、ほかの部族の牛をもってきていいのである。アメリカ人のお金に対する考えも、それに似たところがあるんじゃないかと思う。それでなければビル・ゲイツはあんなに稼ぐまい。

べつに私はひねくれているわけではない。お金でいうなら、昨年私は高額納税者として新聞に出た。だからとりあえずお金に困っているわけではない。もっとも私が稼いだというよりは、本当に稼ぐ人がいかに税金を払わないか、それがわかっただけのことである。ブータンで高額納税者の話をしたら、日本ではだれが税金を払うのかと訊かれた。だからバカが払うといったら、大笑いをしていた。そういうことは、国際的に理解されるのである。

そうしたことは、すべて人工の世界、意識のできごとに過ぎない。そういうことで私が一喜一憂していたところで、その間に私の身体では、ガンが日一日と育っているかもしれない。それを意識はまったく気づかない。しかしその身体は、明らかに「私」あるいは私の一部である。

それなら自然が大切だとか、親しむとか、わざわざいうこと自体が、すでに病気の兆候であることは明白であろう。それでも都会人は、いまのままで自分が十分に生きていけるから、それで「人間は生きていける」と思い込んでいる。人間がどれだけの無茶を思い込むことが可能かは、この前の敗戦を経験した私の世代には十分にわかっている。

石油がなくて戦争をはじめた。その日本がいまは石油のおかげで繁栄している。しかしその石油はいずれ無くなる。それが私の生きている間に起こることはないであろうが、いずれかならず起こることは間違いない。そんなことは、神様でなくても十二分に予言できる。十分な物資もなくて、無茶な戦争をした。その反省をした日本人が、石油が続くということを前提にした生き方をしているとしたら、前の戦争の反省とはなんだったのか。

自然はべつに特別なものではない。自分自身であるにすぎない。それが当然として受け入れられるようにならない限り、未来は暗いと私は思っている。

（二〇〇四年十月）

型と慣例

型はもともと身体の所作である。「型どおり」という表現に見られるように、儀式がいつものとおりに進行することを意味するわけではない。それは派生した意味であろう。しかしいまでは、儀式のほうに使われるのがふつうになった。

それは身体の所作に型が失われたことと平行している。所作を型どおりにするというのは、茶道を見ればわかるであろう。茶道の動きでは、畳の目の数まで決まっているといわれる。それはむろん極端だが、型はそこまで煮詰まったものなのである。それがいまでは失われたのは、日常生活を変えたからである。畳の部屋自体がなくなったのでは、畳の目どころの話ではない。畳の目ってなんだ。若者はそんな疑問すら、発するのではないか。

音が似ているというだけではなく、もともと型と形は深い関係がある。そのはずだと思う。型のことを形といっても、さした問題は生じない。ただし型は動きの形であり、形は直接の視覚印象をさらに概念化したものである。つまりこの二つの言葉が分かれる点は、型には時が含まれ、形には含まれないことであろう。

型の内容は動きで、動きは型に束縛される。というより、型のない動きは意味として捉えようがない。それは根本的にはランダムな動きというしかなくなる。同様に、形という概念がなければ、世界はランダムな姿を示す。じつは世界に形はない。形を作っているのは、脳すなわち視覚系である。そのことは、写真を虫眼鏡で拡大してみると、わかるはずである。虫眼鏡を通してそこに見えるものは、点の集合に過ぎない。どこにも形はない。線すらないのである。型もまた同じであろう。それはいわば動作から抽出されたものなのである。

さて「型どおり」という慣用法は、そのまま慣例に通じる。もちろん型は動作をなぞることであり、慣例はなぞること自体を指す。その意味では型はより具体的で、慣例はより抽象的である。型には動作という詳細があるが、慣例にはない。ふつう「それが慣例だ」という一言しかないのである。

慣例とは、そもそもなにか。ここでシステムという言葉を導入しよう。システムとは、複数の構成要素からなり、そうした構成要素は絶えず入れ替わりつつあるが、全体としては安定な「型」ないし「形」を示すものである。たとえば「日本政府」はその意味でのシステムである。役人は始終入れ替わるが、人々は相変わらず政府が「そのままそこにある」と信じて疑わない。

こうした人工のシステムを、古くはあるいはいまでも、オーガニゼイションと呼ぶ。この言葉はオーガニズムすなわち有機体に由来する。有機体とはもちろん生物のことで、オーガニゼイションとは「生物が構成されるように構成されたもの」ということになる。システムという言葉は、私の場合、オーガニゼイションと同義である。人間がシステムを作るのは、「自分と似たものを外部に作り出す」という性質を持つからである。それもしばしば無意識に、である。

生物自体がシステムであることは、多言を要しないであろう。われわれの身体は一年経てば、それを構成する要素が九割以上入れ替わってしまう。日本政府よりはるかに代謝が速い。にもかかわらず、現代では、多くの人が「自分は確固とした物質的存在だ」と思っているであろう。それは間違いである。物質的であるには違いないが、その物質は「型どおり」にたがいに関係し合い、身体を作り上げている。にもかかわらず、われわれは自分の身体を「同じもの」と信じているのである。実際には「一見同じもの」であるに過ぎない。

このことは死体と対照させると、よく理解できる。死体をビニール袋に閉じ込め、真空パックをしておく。一年経過した後、パックの中には昨年と「まったく同じ」分子しか、見つけることができない。もしパックの中の人が「生きている」なら、一年後にパックの中の物質は九割以上が入れ替わっていなくてはならない。しかもどちらの場合も、パックの中には「一人分の身体を構成する物質」が入っていることに変わりはないのである。

つまり型というのは、そうした「外見的不変性」を、意識的に保たせようとする行為に相当する。型を保持することによって、われわれの社会システムは固定的に維持される。それは要であることとよく似ている。それは慣例でも同じことである。官庁が慣例を重視し、「硬い」存在であることはだれでも知っている。それはシステムの安定性を重視するからである。型どおりに、慣例を守っていれば、組織を構成する人が入れ替わっても、システム自体に変化はない。それを「変えろ」というのは、ある意味でシステムに「死ね」といっていることである。なぜならそれを変えると、システムが違う型あるいは形をとらざるを得なくなるからである。その結果はじつは予想しがたい。だから官僚はそうした冒険を好まない。

システムのなかで、その構成要素が違う行動をとること、つまり型や慣例を破ることはシステムを不安定化する。システムの問題点は、どこが急所か、かならずしもわからないところにある。カッターナイフ一本で、簡単に人を殺すことができる。しかし同じナイフ一本で、生き返らせることはできない。そこで人々の意見はつねに二つに分かれる。とりあえずシステムの安定を意図し、型どおりにするか、思い切ってそれを変えてしまうか、である。政治ではそれを保守と革新というのであろう。ただし部分を変えてしまうと、システム自体が崩壊する可能性がある。その「部分」があらかじめ読めれば問題はない。ふつうはそれが読めないから、たとえ利害損得が絡まない場合でも、保守だ革新だと、喧嘩になるのである。

こうしたシステムの性質は、ボンヤリとしかわかっていない。だから生物学はやっかいで、政治や経済もやっかいなのである。二十一世紀は明らかにシステム論の時代となろう。というより、そうならざるを得ないのである。十九世紀以来の科学は、システムを情報化することに専念してきたからである。おかげでヒトの遺伝子は全部読めたが、その人がどういう人になるか、それは相変わらずさっぱりわからないというしかない。それは古い新聞を全部読んだら、昔のことがすべてわかるかというのと、同じことである。情報はあくまで情報であり、システム自体ではない。その意味では、「型どおり」にものごとを進めていた昔の人のほうが、システムの性質をよく理解していたのかもしれないのである。

（二〇〇五年二月）

複雑ということ

学生の頃、真理は単純だと教わった。そりゃそうで、真理があまり複雑だと、理解できないではないか。先生に真理は単純だといわれたとき、私は頭のなかで「でも現実は複雑ですよ」と反論していた。

もちろん、真理は単純だという言葉の意味はわかっている。別な意味では真理は単純である。それは複雑系という概念にも表れている。複雑系は実際には複雑な振る舞いをするのだが、その論理は簡単な式になってしまうからである。この場合、式のほうを真理、振る舞いのほうを現実と呼べばいい。

その先は好みの問題である。私はある種の複雑さが好きで、ある種の単純さが嫌いである。だから式はたいてい嫌いで、虫はたいてい好きである。式と虫はどういう関係にあるか。式にならないものが虫である。カブトムシとカミキリムシを分ける式はない。

もっとも式ではないが、分類学者は好んで検索表を作る。検索表というのは、動物の特徴を捉えて、すべて二分法で分けていく方式である。たとえば背骨があるかないか、まずそれで脊椎動物と無脊椎動物を分ける。次にたとえば背骨がある群を、冷血と温血に分ける。そう分けたら、次に無脊椎動物のほうは、とやっていく。もちろん私は検索表は嫌いである。たいていの人は嫌いだろうと思う。それを好んで作るのは、専門家だけである。じゃあなんのためにそんなものを作るのか。それは自分の頭の整理である。他人にはきわめて使いにくいのが検索表なのである。

要するになにがいいたいのか。複雑か否か、それはわれわれの脳の問題だということである。学問とは、その意味では、つねに自分の頭の整理である。複雑な事情を整理して、「単純に」する。その意味では、だれでも単純化が好きなのである。しかしそれはまもなく終わってしまう。だって、話が単純になってしまうからである。

そうすると、次を追いかけたくなる。少なくとも、虫の場合にはそうである。これがカミキリムシだ、ということがわかってしまう。あるパタンとして、脳はカミキリムシを把握してしまう。それを壊すことができるのは、現実のカミキリムシだけである。捕まえてみると、「これでもカミキリムシか」と思う虫が捕まってしまうのである。つまりそれまでに自分の頭にできていた「カミキリムシというパタン」が、みごとにそこで壊れてしまう。今度捕まえた、「これでもカミキリムシか」という種類を加えた上で、「新しいカミキリムシというパタン」を自分の脳に創り直す必要が生じる。それを私は学ぶという。じつはたいていの人はそれを億劫がるから、学者にならないのだと思う。

なにをいっているか、わからない。そういう人は、そういう作業をしたことがないからである。それをしたことがないと、なにが複雑か、じつはそれがわからないはずである。一言でいってくださいよ。だから一言でいえるなら単純なので、いえないから複雑なのである。生物の複雑さの別名を多様性という。カミキリムシは多様なのである。その多様さをカミキリムシという一言で整理する。それがわれわれの脳である。その種の単純化は、私は好きなのである。

言語は複雑である。日本語の語彙がいくつあるか、私は知らない。しかし万の単位に達するはずである。それなら世界のゾウムシの種類数よりはるかに少ないが、魚程度にはなる。もっとも分類学者はすべてのゾウムシ、すべてのサカナに名前をつけようとするから、それを語彙に含めたら、語彙のほうが多いことになる。そうした生物の種類数を単純にしてしまう方法がある。生物の遺伝子はすべてDNAで、ゾウムシとサカナの違いはDNAの塩基配列の違いだといってしまうことである。目の前にオオゾウムシとサンマがあるときに、これはDNAが違うんだというのが、近代生物学である。それは私にはなんだか面白くない。それは私の嫌いな単純化である。

サヴァン症候群の人たちは、たいへんなアルゴリズムを持っている。アルゴリズムというのは、計算の方法だと思えばいい。カレンダー計算は、かれらの得意とするところである。五千年先の日であろうと、それが何曜日であるか、かれらはたちどころに計算してしまう。もちろん本人に、計算しているという意識はない。答えが「わかってしまう」のである。注意すべきことは、サヴァン症候群では、ふつう言語能力がきわめて乏しいことである。アルゴリズムは計算式で、脳が計算機として動くことができる人は、言語が上手に動かないらしいのである。

このことは、複雑さを考えるときに示唆的である。一つの式に従って、急速に計算していく能力は、言語能力と脳のなかで相反するのではなかろうか。サヴァン症候群ほど極端にならなくても、言語能力と数学の能力が相反する可能性は、日常的にも知られているであろう。文学者は数学者にならないことが多い。それは才能がないからではなく、幼いときから脳の使い方が違ってしまうからではないだろうか。数学では思考が論理を追い、言語では多様性を追うのである。

大脳皮質における言語の領域と、数の領域は近接しているらしい。それなら言語領域が大きくなると、数の領域を狭め、数の領域が大きくなると、言語の領域を狭める可能性がある。しかしサヴァンの例を考えると、おそらくそれだけではない。脳全体が問題なのである。論理の手続き的な追求は、言語のある種の豊かさと相反する。ただし脳はそのどちらにも使える。小さいときが重要なのは、そこで「どちらをとるか」、その傾向が決まってしまうからである。もちろん両方ともに常人以上という人もあるかもしれない。

複雑系では、手続きが単純なわりに、結果が莫大かつ多様になる。その「莫大さ」を測る単位は定義されていないと思う。そうした結果の「莫大さ」がある適当な範囲だと、脳はそれを好んで、繰り返し試行を行う。それが碁将棋のようなゲームではないだろうか。碁の規則は驚くほど単純だが、ゲームの進行はおそろしく複雑である。碁盤に引かれた線の数も、十九がおそらくヒトの脳にとって適切なので、あれ以上だと複雑になりすぎ、あれ以下だと単純で面白くないのであろう。

碁や将棋はちゃんとした意味での複雑系ではないが、ふつうの人が複雑系を考えるときの、適当なモデルかもしれない。規則はだれでも覚えられるくらいに単純だが、進行は毎回違う。しかも進行しているうちに、別なゲームになるかもしれない可能性があるといえば、複雑系がなんとなくわかるのではなかろうか。ただし規則自体は変化しない。碁であればコウがいい例であろう。なぜコウなんてものが発生しなければならないか、碁の規則だけからあれを予測できる人は少ないであろう。

歳をとると面倒なことがイヤになる。複雑なことは面倒で、それなら単純がいい。しかし、面白さは複雑さにある。その好みが変わる可能性は、私の場合にはもはやないだろうと思っている。

（二〇〇五年四月）

四苦八苦

世間の人はよく苦楽をいう。昔の思い出となると、苦のほうが断然優勢であろう。人は苦を楽よりもよく記憶するらしい。だから人生四苦八苦という。

ところが歳をとると、楽の思い出が増えるという。「昔はよかった」というのである。これはおそらく意識がそういわせるので、イヤなことも十分に覚えているはずである。ただそれを思い出したくないだけのことであろう。それなら「楽」が増えるはずである。さらにいうなら、苦しかったできごと自体は記憶から消えないので、それを「楽」に変換する作業を行っているのかもしれない。甘味をつけてしまうわけである。

苦が記憶から消えないのは、生存のために、そのほうが有利だからであろう。自分の周囲で起こるできごとは、根本的には中立のはずである。それなら苦楽は平等である。しかし両者がまったく平等なら、べつに苦楽はなくてもいいはずである。だからそこにはある重み付けが存在するはずで、その記憶が苦の側に傾いているだろうというのが、私の考えである。苦をただちに忘れるのは、生存戦略として上手なやり方ではない。なぜなら、どこかでひどい目にあったことを記憶していれば、次にそういう目にあうことを避けようとするはずだからである。

他方、楽のほうを重視して、そこに記憶の重みをつけても、論理的には同じことになるように思える。しかし生物には生死という問題がある。生は中立的な状態ではない。その意味では、死のほうが中立状態である。生が中立でないなら、それを維持するためには、苦をやや重視したほうがいいはずである。苦とは、最終的には、生存を脅かすものをいうからである。ただし苦である状況を単純に定義することはできない。

楽を積極的に付与させておかなければならないのは、生存のためにどうしても必要な機能に対してである。食がそうで、性がそうである。そこにまったく無関心では、生存が保障されない。食は個体の生存を保障し、性は種族の生存を保障する。この二つに「楽」を付与しておくのは、理屈に合っている。

苦自体が付与されているのは、個体に対する直接の傷害である。それが痛みや苦しみである。傷を受ければ、当然痛む。無痛症の人は、長生きできない。傷害に対して、防御が弱いからである。しかし、生きていれば、じつにさまざまな状況に直面せざるをえない。それをあらかじめ限定することは不可能である。それにいちいち苦楽を設定できないとするなら、最終的に苦を起こした状況を、より記憶に留めるようにしたほうがいい。すでに述べてきたように、「楽」を与えておかなければならない機能は、限定されているからである。

私はカボチャとサツマイモを食べない世代に属する。なぜなら、さんざん食べ過ぎて、もう見るのもイヤなのである。おそらくこれは単純な記憶ではない。身体の記憶なのである。どちらも、それしか食べるものがなかったから、食べたので、その結果、ある種の中毒を起こしたのであろうと思う。カボチャの場合なら、あの黄色のもとになっているカロチン系の物質が、肝臓に蓄積したのではないかと疑う。身体はそれに対して警報を発し、それが記憶にしっかり定着してしまっているのである。ふつうは警報が出れば、それ以上食べないという抑制がかかる。しかし食糧難の時代だったから、それでも食べざるをえなかったのである。記憶はそれをしっかりと保持し、いまだに「食べるな」というのであろう。

当時、白米なんか仮にあったとすれば、たいへんなご馳走だったはずである。しかしその「ありがたさ」は、カボチャの「イヤさ」に比較すれば、問題にもならない。苦の思い出のほうがはるかに強いのである。

高校生の頃、虫垂炎になって手術をした。その日の夜、カキフライを食べて、しばらくしてから発病した。その夜、即手術を受けた。それはいいのだが、その後ほぼ一年間、カキフライがまったく食べられなくなった。好きな食物なのに、身体が拒否する。手術という侵襲と、カキフライを、私の記憶は勝手に結び付けてしまったのである。虫垂炎が治って、身体の調子が「いい」なんてことを、身体は「ありがたい」と思っていない。カキフライを食べた晩に、エライ目にあったとしか、記憶していないのである。幸い、この症状は一年間くらいで消えた。カボチャとサツマイモは、いまだに消えない。苦に対する身体の記憶はそこまで執念深いのである。だから人生、四苦八苦なのである。

苦楽を論理的に考えるためには、中立状態がなにか、それを決めなければならない。これはあんがい盲点になっていることが多い。右に死は中立状態だといったが、それは違うと思う人が多いかもしれない。中立とは苦楽がない状態だとするのが、論理的には当然であろう。しかしその場合、苦楽は正負だという暗黙の前提がある。苦と楽を合算すれば、ゼロになるというわけである。それは違うだろうというのが、私の結論である。別な言い方をすれば、苦楽はたがいに独立なのである。その意味で人生は四苦八苦なので、それは人生が辛いことばかりだという意味ではない。もちろん楽ばかりだという意味でもない。独立だから、それぞれがかならず存在するのである。マゾヒズムは苦を楽にしている。そういうことがありうるのは、苦楽がそもそも独立だからである。それを合算しているのは意識の論理で、そんな計算にはあまり意味はない。

現代人はしばしばそういう勝手な論理を組み立てる人たちである。だからたとえば苦があることを悪と見なしてしまう。病気の場合なら、どこかが痛むと騒ぐ。痛むのは生きている証拠で、痛みがなければ本質的には困るのである。痛みがあるのは、痛む場所になにか傷害があると身体が警報を発しているのである。ご存知のように、警報はあくまでも警報であって、偽の警報もたくさんある。だから痛むこと自体はべつに悪いことではない。しかも脳には痛みの中枢がある。そこがいわば「勝手に」活動したら、脳の都合だけで痛みが発生する。こうした痛みは、機械が壊れた鳴りっ放しのサイレンみたいなもので、止めようがなくて困るのである。

現代社会では、苦が悪であるという暗黙の常識が広がっている。私はそう見ている。その象徴が痛みであって、痛みは「ないほうがいい」。しかし痛みがなければ、生存が保障されない。そこを忘れているのである。痛む状態は、周囲からみれば「気の毒」なのであって、かならずしも「悪」ではない。痛みを撲滅することは、できないし、するべきではない。ところが現代人の潔癖症は、かなり進行している。だから痛みそのものを、取り除いてしまおうとする。そういう人たちは、「苦があるのは、悪い状態だ」と信じているに違いないのである。不安もまた同じである。危険を避けるために不安は不可欠のはたらきだが、その不安自体を除こうとして右往左往する。それによって、不安に思っている現状よりも、さらに悪い状況を引き起こしたりする。不安のために自殺したりするのである。それなら「人生、不安があるのは当然だ」と開き直るべきであろう。

そういう人たちに、人生は四苦八苦だと説いても、意味不明だと思われるに違いない。四苦にせよ、八苦にせよ、じつは人の自然であって、存在して当然のものなのである。それを知ることが自分と折り合うことで、自分と折り合えば、人生は生きやすくなるのである。

（二〇〇五年八月）

わかるとは、どういうことか

わかるとは、どういうことか。こういう抽象的なことを考えるときに、私はつねにまず対偶を考える。つまり「わからないとは、どういうことか」を考える。実際の人生でも、「わかる」より「わからない」ほうが重要だと、だれでも知っている。わかっていれば、べつに問題はない。「わかっちゃいるけど、やめられない」という場合でも、ともあれ本人が自分の責任だと、「わかっている」わけである。

そもそも「わかっている」場合には、わかっているのだから問題が起こらない。「ダメだとわかっている」のも、「わかっている」うちである。ダメだとわかっていることを、ふつうはやらないからである。わかっていないから、変なことをする。つまり間違ったことをするのである。

じゃあ、わからないとは、どういうことか。それを私流に説明するには、まず脳のあり方をわかってもらう必要がある。

脳は世界を認識する器官である。たとえ小さな動物でも動物にはそれなりの脳があり、それなりの仕方で世界を認識する。それを最初に述べたのは、ヤーコプ・フォン・ユクスキュルである。そうして認識した世界像に従って、動物は行動を起こす。ダニにはダニの認識する世界がある。炭酸ガスの濃度が高くなれば、ダニはとたんに動き出す。近くに炭酸ガスを出すものがいるからで、それはふつうはわれわれのような大きな動物である。うまくいけば、そういう動物の体の上に落ちる。動いていれば、たとえばふつうに住んでいる葉の上から、落ちやすくなるからである。動物の上に落ちたということは、温度や、酪酸のような化学物質のにおいでわかる。そうなったらシメタもので、口吻を差し込んで吸血できる。間違って動物のにおいのついた、暖かい石の上に落ちるかもしれない。そこで吸血しようとして、口吻を折るかもしれないが、その危険性は仕方がない。ダニはそれが石だという認識など、持たないからである。つまりダニには「石だとはわからない」。これがもっとも本質的な「わからない」であろう。「わかりようがない」といってもいい。

脳が世界を認識する器官であることは、ヒトでもまったく同じである。したがって、ダニの場合と同じように、ヒトの脳のなかにないものは、ヒトにとって存在しない。じゃあどういうものがないのかと訊かれたって、答えようがない。ないんだから、答えようがないのである。ヒトはわかりようがないものがあることを、ふつうは認めない。意識はそのなかにないものを「存在しない」と思っている。当たり前だが、存在しないものについて、考えることはできない。考えることができないものは、ましてわかりようがあるはずがない。それがもっとも根本的な「わからないもの」である。

ところがヒトは、存在するものすら、認めないですむように周囲を整える。それを文明とか、都市と呼ぶ。都市にはヒトの作ったものしか、置いてない。それは「わからない」ものを、ヒトは嫌うからである。自然とはその「わからない」もののことである。わからないものに出会うと、「なぜだ」とヒトは訊く。その「なぜ」に答えられることも、答えられないこともある。どちらかといえば、ヒトは答えられないものを嫌う。だから町に住んで、ダニが石の上に落ちるような出来事を避けようとする。

そうやって意識的に作った世界にも、相変わらずわからないことが発生する。それを説明するために、意識はさまざまな工夫を凝らす。それを思想といい、宗教といい、いまでは共同幻想などと呼ぶこともある。それでとりあえず「わかったことにする」。人間の世界とは、そのていどのものだと、私は思っている。

とはいえ、「わかる」ことのなかに、「わからない」とは違った、積極的なはたらきがあることは間違いない。それはいわゆるアハ体験である。アハは英語の音をとっただけで、アルキメデスのエウレカ、あるいはユリイカである。アルキメデスはアルキメデスの原理を発見したときに風呂に入っていて、感動のあまり風呂から飛び出して、裸でシラクサの町を走ったといわれている。これは特殊な現象とはいうものの、典型的な「わかった」体験である。アルキメデスの例でもわかるように、この種の体験は強い情動を伴う。つまりうれしいのである。この喜びには中毒性があり、人間社会に学者というものが発生するのは、根本的にはそのせいだと私は思っている。宗教もこれに似ているが、やや違った情動を伴う。それが宗教体験である。

日常生活で、人によってわかる、わからないが出てきてしまう理由は、世界の認識が人によって異なるからである。世界像が異なるのである。なぜ世界像が異なるかというと、感覚的な体験が異なるからである。脳が違うからだと思う人もあろう。そういう場合があることは、否定できない。殺人のような場合には、そうした脳の違いが重要になる。しかしそうした極端な行動でなくても、人によって、わかる、わからないがあることは、誰でも知っている。それは世界像の違いというしかなく、その違いは多くは感覚的な体験の違いに帰する。なぜならヒトは、育っていく間に、感覚を通してしだいに世界像を構築していくからである。

社会が違うと、考え方が違ってくる。これは日常的に接する他人の行動が、社会によって違うからである。人間社会のそうした違いの基礎には、風土の違いがある。砂漠に住んでいるのと、日本に住んでいるのでは、感覚からの入力がまったく違う。それで数十年たてば、当然脳のはたらきに違いが出てきてしまう。それなら同じ世間のなかでも、いささかの違いが発生して当然であろう。多くの人がそう思わず、「頭の出来が違う」などと思っている。私は長年脳を見ていたが、ヒトの脳なんて、そう違うものではない。この問題は、氏と育ちの議論に似ている。脳が違うから考えが違うのか、経験が違うから考えが違うのか、ということである。実際には両者はあざなえる縄で、どこを切っても二つの面が出てきてしまう。

考えが違うのは、だから当然なので、それはいい。問題はヒトの社会がそれを「統一」しようとすることである。考え方を統一しないと不便だが、統一すると別な不便が発生する。言葉はその典型である。日本語はそれを使う人たちのあいだでは便利だが、使わない人たちのあいだでは不便である。「日本語がわからない」からである。私はこうした脳のはたらきの統一には反対だが、世界の実情は違う。どんどん統一に向かって進んでいるとしか思えない。

統一しないためには、じつは二つ、三つの言葉を皆が理解できなければならない。それが負担だと、ヒトはいう。いうなればそれは、怠けているのである。もちろんどこまで働き、どこまで怠けるか、そこに統一された答えがあるわけではない。わかる、わからないという問題は、じつは人間の意識のあり方の問題で、それは社会の問題のすべてを含んでしまう。そう思えば、これは厄介な問題なのである。

（二〇〇六年四月）

色即是空

この一句は、むろん般若心経の一部である。西欧風にいうなら、ひょっとするとニヒリスティックとでもいうべき、ごく短いこのお経のなかで、わざわざこの句だけが取り出された理由を私は知らない。多分「色ごと」に引っ掛けて、「色即是空」といったのが、世間に受けたのであろうか。色即是空、とはいえ多情も仏心、とでもいいたいか。

実際のお経は、お釈迦様が語るという形式になっている。観自在菩薩行深般若波羅蜜多時、照見五蘊皆空、度一切苦厄と、まず始まる。観自在菩薩が深く行しているとき、五蘊(ごうん)は皆空であると明らかに見て取り、その悟りこそがすべての苦しみを救うと知られた。私流に翻訳すれば、ここでまずそう述べている。次に舎利子(しゃりし)という、聞き手への呼びかけがあって、色不異空、空不異色、色即是空、空即是色、受想行識亦不如是と続く。内容をさらに詳しく言い換えて、繰り返し強調するのである。

この「色」は天地万物、すべて眼に見えるものを指すと思えばいい。私はそう解釈している。つまり物質界のことである。世界を素直に見れば、すべてのものには色がついているからである。色即是空とは、そうした物質界はいかにも確実に実在しているように思えるが、じつは空だよ、といっているのである。

物体は感覚に訴える。というより、五感のそれぞれに訴える対象を、われわれは物体と呼ぶ。そうした五感に訴える対象が実在して当然だと、人はまず思う。でもその五感自体も色の世界ではないか。その色世界を生み出しているのは、じつは五蘊である。五蘊とは色受想行識の五つをいう。

色はすでに述べたように物質界である。「受」とはそれを感覚で受け取ることである。「想」はその結果として演算が脳内で起こることで、「行」とは演算の結果が行動として外界に表出されることである。しかもわれわれは、その全体の過程を「意識」している。それが最後の「識」の意味である。つまり五蘊とは、脳を情報処理装置として見たときの典型的な脳のはたらきの表現なのである。

お経の時代に、そんなことがわかっているはずがない。そう思う人もあろう。

それは偏見である。脳が右のようなものであるからこそ、コンピュータができた。コンピュータとは、脳のきわめて乱暴なモデルなのである。仏教はみごとに初期の脳科学なので、それがそう思われていないのは、仏教を学ぶ人が基本的には文科系だったからであろう。

般若心経を中国語に翻訳したのは、たとえば玄奘（げんじょう）三蔵であり、鳩摩羅什（くまらじゅう）である。内容は元をただせばインド起原で、インド人が数学やコンピュータが得意なのは、おそらく偶然ではないと私は思っている。とくにこのお経に頻出する空と無とは、ゼロという概念の二つの面を指している。幾何学のゼロは、たとえばデカルト座標の原点で、これは数としては「無」だが、位置としては間違いなく「有」である。そういうものを「空」という。空間という表現も同じである。

空間はたしかに「ある」が、そこにはなにも「ない」。代数的なゼロは、たとえばゼロになにを掛け算してもゼロだという意味で、「無」である。つまり般若心経とは、一つにはゼロの哲学であって、これは当時の西欧にはなかった概念である。というより、西欧の古典思想、たとえばギリシャ哲学では、ゼロをタブーとした。ピタゴラス学派はその典型である。ゼロで割ると、無限という厄介なものが発生する。無限の問題を西欧の数学が扱うようになったのは、ルネッサンスよりずっと後である。

ローマ数字や漢数字に位取りはない。だから扱いにくくて仕方がない。それはゼロがなかったからである。それを入れたのはアラビア数字だが、呼び方がそうなったのは西欧から見ての話であり、もともとの起原はインドであろう。

こうしてみると、般若心経というのは、宗教的というより、認識論的である。

般若心経の宗教性は、突然「おまじない」が出てくるところにある。最後にわけのわからないギャーテーギャーテーハラギャーテーという部分があるではないか。

短い中でのこうした構成も面白い。なんともありがたそうにできている。これをだれが書いたか知らないが、相当に頭のいい、変わった人だったに違いない。もちろんお経としては釈迦の説法ということになるのだろうが、それはいささか信じられない。でも内容のある種の「すごさ」を考えると、それ自体を宗教的と呼んでもいいのかもしれない。なぜなら五蘊皆空、色即是空などという表現は、たとえ翻訳の力があるとしても、ある種の「真理」として驚くべき強さを持っているからである。

私はすでに『無思想の発見』(ちくま新書)のなかで、このお経が意識の本質を突いているのではないかということを論じた。五蘊すなわち意識がなぜ「空」なのかというと、意識は秩序活動だからなのである。物理的にいうなら、つまり自然界では、秩序は同量の無秩序と引き換えでなければ手に入らない。それが熱力学の第二法則である。それなら「意識という秩序活動」は、かならず同量の無秩序を引き起こしているはずで、それはエントロピーとして脳内に蓄積する。だからわれわれは眠る。眠らざるを得ないのである。

それをみごとに示唆する事実として、寝ていようが起きていようが、つまり意識があろうがなかろうが、脳が消費するエネルギーに大差はない、という事実を挙げることができよう。それなら意識活動は「無」ではなく、「空」だというしかない。寝ている間に、脳は意識活動の結果で蓄積した無秩序を、エネルギーを消費して「元に戻す」。それなら意識とはなにか。本質的に空ではないか。たしかに意識は「ある」。でもそれは眠るという「意識がない」状態とつねに必然的に一組になっている。意識が生み出す秩序的思考は、脳内に生じる無秩序と引き換えなのである。両者をあわせた結果は空である。

般若心経が書かれた時代に、そこまで洞察していたかどうか、短いお経からはわからない。しかしほとんどそこまで肉薄していることは間違いないと思う。私にそう思わせるのは、このお経の表現の強さである。ここまで簡潔だということは、極限の思考だからなのである。このお経は「強い」。それは真理の一つの属性である。

これが仏教的世界の強さである。ここで私は道元禅師の正法を思い出す。道元も強い人で、自分が正法を伝えているという確信に満ちている。それはしかし言葉だけではない。只管打坐、そのあり方自身が正法である。

日本の世間のなかにも、こうした強さはかつて表れていた。鎌倉仏教と呼ばれるものには、その強さが典型的に示されている。親鸞、日蓮、道元といった人たちは、とうてい日本人とは思えない、精神の強靭さを示している。いまは知らない。もはや現代の世間を私は論じようとは思わなくなってきた。

この連載も、たまたま今回で終わりである。いくつかの雑誌に時評を書いてきたが、それも今年でほぼ終わることにした。言葉は所詮言葉だ、という気がしてならない。言葉は人という氷山の一角に過ぎない。しかしいまではどれだけの人がそう思っているであろうか。

（二〇〇八年二月）

脳・意識

違うものをできるだけ見て、
そのなかから「同じ」にできることを探す。
それが私の一生の仕事だった。

――「繰り返し」

情報と人間

解剖をやっているうちに、だんだん脳のことを考えるようになった。もともと精神科に行こうかと思ったくらいだから、脳がいつも頭にあった。脳が頭にあるのは当たり前だが、そういう意味ではない。

それが嵩じて、とうとう『唯脳論』という本を書いた。人間のすることなすこと、脳の仕業に決まっているじゃないか。解剖をやっていると、それをしみじみと思う。解剖の対象は私と同じ人間だが、それを人間だと思っている人は少ない。とくに医学は科学だと思う人は、それを客観的「対象」だと考える。その考えがいかに変か、それを説明するだけで、本が一冊できそうである。

われわれの脳で、いちばんはっきりしている機能とはなにか。意識に決まっている。意識がなければ、そもそもこんな議論はいらない。死んだ人には意識がない。解剖はそれを徹底的に感じさせる。若いときに、意識のような高級な機能は、科学が進まなければ解明できないと教えられた。その科学を真面目にやっていると、だんだん寿命が不足になってくるのがわかる。

この調子では、科学の進歩といわれたって、意識の解明なんて、いつのことになるか、わからないじゃないか。

そのうちに、科学の進歩というのは、嘘じゃないかと思い出した。神経生理学の伊藤正男さんに教わったのだが、エックルスは、科学が進歩すれば心はいずれわかりますという言い分を、約束唯物論と呼んだそうである。エックルスは脳から心はわからないという言い分の根拠にこれを使った。私のいうのは、その意味ではない。

意識は高級だというが、本当にそうか。学生に講義をしていると、そんなこと、嘘だろうと思う。意識なんて、三十分も難しい講義をすれば、ほぼ消えてなくなる。学生が寝てしまうからである。意識なんて、自分の意識を考えたって、ロクなことはしていない。ほとんどは「下手の考え、休むに似たり」である。科学が進歩すれば、いずれ、などと思っていると、こちらの寿命が来てしまう。

じゃあ、いまからじかに意識について考えよう。科学的考察なんて、科学者にやらせておけばいい。最初に述べたように、私は科学者ではない。自分が素人なら、科学者世間に義理はない。そう思ったら、意識が急に面白くなってきた。偉い人だと思っていたが、つきあってみたら、タダのジジイじゃないか。それと似たようなことであろう。

意識の機能とはなにか。ひたすら「同じ」ということである。科学は経験科学といわれるが、経験世界に同じものなんか、どこにもない。人が百人いれば、全部違う人である。そんなことは、わかりきっている。それなら「同じ」という概念を、意識はいつ、どのようにして、把握するのか。答えは単純であろう。「同じ」とあくまでも主張するのが、意識の機能である。意識にとって、「同じ」はア・プリオリである。

なぜか。それが自己同一性であろう。目が覚めるたびに、つまり意識が戻るたびに、だれであれ「俺は俺だ」と確認する。つまり「同じ私」なのである。カフカはそれがいかに奇妙なことか、それに気づいていた。だから『変身』を書いた。グレゴール・ザムザの意識は、身体が虫になっても、「自分はザムザだ」という。いわゆる西欧近代の合理思想の根源はこれである。それはそのままデカルトのコギトに通じている。それが「変」なのである。ふつうはカフカが変だと思うのだが、変なのはそれ以後の世間のほうである。

この歳になると、どこが「この俺」かと思う。自分自身がどれだけ変わってきたか、それを知っているからである。精神科の患者さんが、完全に治癒したとする。それは患者とは別人であろう。「俺は俺だ」「個人とは個性を持つ個別の人間だ」。それを信じている医者に、精神科の患者が治せるはずがない。治るとは「元に戻る」ことだと思っている。元に戻って、マトモになるのが治癒なら、また発病するであろう。以前そのマトモから発病したからである。

どこに問題があるか。個性は心ではない。身体である。医師なら免疫も体質も心得ている。

どちらも遺伝子に還元する。それが個性そのものではないか。意識のどこに個性があるか。個性的な言語、個性的な感情、個性的な論理、それらはすべて、いずれ精神科の患者さんに行き着く。その意味では、デカルトのいうとおりである。精神と物体は違う。精神は共有だが、身体は個別である。心は「同じ」だが、脳はみんな違うのである。個別に脳が違うからこそ、共有される言語を用いて「話し合う」。

考えてみれば、バカバカしい話である。間違った前提から出発すると、どうにもならない状況に陥る。そんなことは、わかりきっているではないか。

科学のおかしさも、じつはそこにあった。経験科学といいながら、すべてを経験に還元すれば、世界は違うものだけになる。「バラバラになる」のである。だから意識はそれを「同一だ」としてまとめる。プラトンのイデアである。どんなリンゴだろうと、意識はそれをすべて「リンゴとして同じ」だという。それが意識の機能ではないか。

耳で聞いた言葉と、文字で読んだ言葉は、「同じ」である。耳で聞く音と、目で見る文字のどこが「同じ」か。同じとか違うという議論の背景には、どこか「似ている」という状況がなければ、議論に意味がない。視覚と聴覚とに、似たところなど、まったくない。だから視覚言語と聴覚言語に関して、「どこが同じか」という疑問自体を理解させることがむずかしいのである。

この「同じ」という機能から、言語が発生する。プラトン哲学は、要するにこの主題をめぐっている。ソシュールもまた同じであろう。西洋哲学はプラトンにつけた脚注だというホワイトヘッドの言がある。哲学とは、意識という機能の博物学なのである。

意識が「同じ」だといい続けること、言葉を扱うこと、それを一般化すれば、情報を扱うということになる。意識が扱えるものは情報だけである。では情報とはなにか。言葉が担っているものである。言葉自体は音声や文字として外在化する。それが脳に入ると、情報に変わる。その言葉自体は、動かないという特性を持つ。現代社会では、暗黙に情報は日替わりだと信じられている。たしかに日替わりだが、情報の担体である言葉自体、表現自体は変わらない。しかしそこが誤解されて、「情報は変わる」になってしまった。どんな論文だって、出来上がってしまえば「変わらない」。論文は情報の担体だからである。言葉で書かれているからである。

情報が変わることになると、世界がおかしくなる。「変わらないもの」とは、それじゃなんだ。暗黙のうちに、それが問題になるからである。それを保証したのが近代的個人であろう。私の個性は変わらない。私は変わらない。「私は私だ」。ところが人間は変わるに決まっている。世界は万物流転するからである。

科学者が自分の意識活動の個性を信じたりするのは、論理的にはメチャクチャである。だれも理解しない科学論文を書いてみればいい。精神科のお医者さんのよいお得意様であろう。いまでは「まともな」科学雑誌なら、かならずレフェリー制度がある。論文が個性的なら、レフェリーとはなんだ。余計なお世話じゃないか。

変わる人を「変わらない」と考え、変わらない言葉を「変わる」と思ったのが、近代「合理主義」思想である。だからマスメディアは必死で「新しいニュース」を追いかける。たえず情報を取り替えないと、情報が「変わらない」という真実がバレてしまうからであろう。たえず取り替えていれば、「情報は変わる」と自分をだますことができる。

だから私は、バカじゃないか、と思うのである。科学の世界も同じである。私の時代でいうなら、この論文の「ノイエス（neues）」はなんですか、と教授は尋ねる。新しければ、よろしい。変わらない情報の積み重ねである科学の世界、それが「新しい論文」のおかげで「変わる」と思えるからであろう。変わりはしない。論文は出たとたんに停止してしまう。ピラミッドが毛先ほど、大きくなっただけである。

人間は生きて動いている。医学がそれを信じなくなって久しい。大病院に行けば、まず患者の検査をするから、それがわかる。検査結果は情報で、情報はとまっているから、かならず過去のものである。一週間すれば、検査の結果がそろいます。じゃあ、三日目に脳卒中で死んだら、どうなるんだ。現代医学はつねに手遅れ医療なのである。

情報ではない、生きた人間を扱うと、論文にならない。だから出世しない。そういう世の中はそれで結構である。だから私はそこを降りた。解剖は死んだ人しか扱わない。私が若者だった頃、解剖をやりますというと、病院の先輩たちから「お前、スルメを見て、イカがわかるか」と皮肉をいわれた。最近はその言葉にお返しをしている。「あんたら、スルメ作りの専門家じゃないか」。論文とは、患者のスルメだからである。私はスルメを裂きイカにしていただけである。それで生きものがわかるなどという、大それたことを思ったことはない。

（二〇〇三年五月）

儀式と情報

動物にも儀式はいろいろある。喧嘩をしているイヌは、一方がゴロンとひっくり返って腹を見せると、他方は首を嚙む真似をして、喧嘩が終わる。これは争いを止めるための儀式ともいえる。これはイヌの本能的行動であり、こうした本能がないと、イヌは殺し合いを続けなければならない。肉食獣が同種内で殺し合いをするのは、馬鹿げたことである。ゆえに進化の過程は、イヌの行動にこうした儀式を導入した。

言い換えるなら、こうした動物の行動は遺伝的に固定している。ヒトの儀式はそれとはいささか違う。いわゆる文化的な背景を持つからである。それは遺伝的に固定しているのではなく、社会的に固定している。とはいえヒト社会は、動物の種ほど固定したものではないから、時と場合によりかなり変わる可能性がある。

イヌの儀式は右のようにして、その意味がわりあい単純に理解できる。ヒトの儀式の場合には、それがそうはいかない。茶道のように、なんで座敷にあれだけ辛抱して座っていなければならないか、その意味がいま一つ、不明な場合が多い。ヒトの儀式はより複雑だといってもいいし、より象徴性が高いともいえる。そこではしばしば生物学的必然性が見当たらないように見える。

茶道についていうなら、部外者だから意味が不明なのだ。そういう意見もあるかもしれない。しかし部内者であっても意味がわかっているとはかぎらない。ヒトという動物は、じつは意味のよくわからないことを年中やる動物である。普通の動物はそういうことをしない。そんなことをするくらいなら、寝ている、つまり休んでいることが多い。世の中に寝るより楽はなかりけり、浮世の馬鹿は起きて働く。これを「死ぬより楽はなかりけり」と翻案した男がいる。「浮世の馬鹿は生きて働く」。これでも十二分に意味は通じる。

儀式的行動は定型的行動である。ヒトの世界でもっとも定型的なものはなにか。それは情報である。言葉はまさに定型的である。自分の都合で勝手に変えることはできない。リンゴはリンゴと呼ぶしかないので、今日から私はクリと呼ぶことにすると決めても、世間では通らない。でも儀式は行動だが、言葉は行動ではない。そう思う人もあるかもしれない。しかし言葉を発することは、行動である。言葉自身は行動ではないが、発語はまさしく行動である。世間でいう大臣の失言は、言葉の内容の問題というより、時と場合の問題だと、だれでもわかっているであろう。

発語まで含めると、ヒトの行動の多くは、じつは儀式的行動である。朝起きて、だれかに会うと、「おはようございます」という。それに生物学的必然性はない。なぜそういわなければならないのかを追求するより、「そういうものだと思っている」ほうが安全である。だからいままでは、ほとんどの人が暗黙にそう思っている。むしろそう思ってはいけないことまで、そう思っているのである。

大学生に「コップの水に一滴インクをたらすと、やがて消える。なぜか」とたずねる。答えは「そういうものだと思ってました」。これがいまの理科系の学生である。

儀式的行動は定型的だが、言語と同じ意味で「恣意的」である。ところが自然はそうではない。自然法則というものがある。それについて「なぜか」を尋ねることによって、自然科学が成立する。だから理科系の学生が「そういうものだと思ってました」では困る。儀式については、しかし、そういうものだと思っていていい。リンゴをなぜリンゴという音で呼ぶのか、それを追求してもさして意味がないことはただちにわかるであろう。儀式の詳細について、その意味を追求することは、それによく似ている。

儀式は定型的だが、恣意的行動だということは、なにを意味するか。それが情報であることを意味する。行動のもっとも単純な解釈は機能的解釈である。右のイヌの例は、イヌの行動を機能的に解釈している。それにどういう目的があるか、どういう意味があるか、それを問うているのである。情報については、それが情報として理解されないと、まさに「意味がわからない」。

知らない言語で話し掛けられたことを考えれば、その事情はただちに理解できるはずである。相手が話し掛けていることはわかる。しかしそれが「なにを意味するか」、まさにわからない。このように、情報はただちに意味と直結している。むしろ記号の連続を情報として把握した瞬間、意味が発生するのである。約束事としての記号を知らなければ、音声であれ、文字であれ、言語の理解は不可能である。儀式もまた、同じ状況を含んでいる。

それでも儀式の意味には、まだわからない面がある。多くの人はそう思うであろう。それはなぜか。すでに述べたように、儀式は行動である。すなわち運動系の産物である。言語は音声、文字、運動の三者が共通に関与している。儀式に関与するのは、運動のみである。聴覚、視覚、運動が関与するものが言語であるなら、運動のみが関与するのが儀式である。そこで儀式にはさらに音楽を導入したり、お香という形で嗅覚を導入したりもする。しかし音楽は言語と違って、聴覚にしか訴えない。嗅覚と味覚は、情報の半分が大脳辺縁系に直接に入り、意識の座としての大脳新皮質に入らない。つまり脳内のそれぞれ異なった働き、専門家がモダリティーと呼ぶものの共有性の高い表現ほど、情報としての意味がわかりやすい。言語がその典型なのである。それに比較すれば、儀式という表現、すなわち情報は、その意味が一義的には理解しにくいのである。

現代人が儀式の意味をなかなか理解しないのは、現代が意識の世界、言葉の世界だからである。そこでは言葉が優先する。一義的でない表現は、あいまいだとして避けられる。しかし言語ではなく、儀式でなければ表現できないものはたくさんある。葬式はその典型であろう。言語は死を上手に語れない。それを孔子は「我いまだ生を知らず、いずくんぞ死を知らん」と表現したのである。

（二〇〇三年四月）

情報と誤解

情報に誤解はつきものである。情報は解釈されて成立するものだからである。

ここのところは、言葉がなくて説明に困っている。「言葉」を考えてみよう。言葉は情報を担う記号である。だからそれだけがあっても、情報にならない。本箱に入ったままの本とか、机の上に転がっている音声テープは、情報とはいえない。しかしそこには「情報が詰まっている」ということもある。「詰まっている」のは、じつは情報ではない。とりあえずは記号である。それをだれかが読んだり、聞いたり、見たりすることによって、はじめて情報が成立する。それを私は右に解釈と呼んだ。解釈のしようで、だから誤解が発生する。

しかし記号といっても、いろいろある。文字も温泉マークも、数字も、ナチの鉤十字も、みんな記号である。それならマンガのサザエさんの顔はどうか。それがサザエさんだといつでもわかるのだから、あれも記号といえば記号である。それなら記号が解釈されて、情報が成立するといえばいいだろう。そういう結論になる。しかし、現代の日本語で、記号といったときに、右のようなことを一般に了解してもらえるだろうか。記号に相当する上手な言葉がないものか。

「媒体」なんていう言葉もあるが、これはそれこそ本やテープのような実体になってしまう。ともあれ記号に相当するよい言葉がなくて、私は困っているのである。

突然変なことをいうようだが、私は昆虫が好きである。暇があると、虫の標本を見ている。標本は記号ではなく、実体であろう。しかし標本を見たとたん、これは「なになにムシだ」とただちに「解釈」している。それならそのときには、標本は記号ではないのか。街角で知人に出会う。だれだかわかっているんだが、名前が出なくて往生する。これは情報化されなくて、往生しているのだろうか、それとも記号化されなくて、往生しているのか。両方か。

このあたりになると、話がわかりにくくなる。そもそもお前がわかりにくくしたんじゃないか。そういう批判もあるだろうが、解釈がなくたって、記号だけが存在する状況はたしかにある。読めない古代文字などは、その典型であろう。考古学者が苦労して、それを解読する。その過程で生じる間違いが「誤解」であろう。

ともあれ人間は世界を解釈する動物である。そう規定すれば、世界はすべて記号になってしまう。あれはリンゴだとか、家だとかいうが、それは解釈である。リンゴではなくて蠟細工かもしれない。家ではなくて、映画のセットかもしれない。こういうことを考えていくと、誤解にはいくつか違う種類があるとわかる。実体が記号化するときに、第一段の誤解が生じる。これは「間違い」と呼ばれることが多い。誤解より、誤認だろう。そう考える人もあろう。夜目遠目傘の内。これは美人に関する誤解だが、いまの若者は知らないことが多い。テレビの大写し、それもハイ・ビジョンまである世の中だから、当たり前であろう。いまでは実体が肉眼以上に細かく見えてしまう。

第二段の誤解が、厳密な意味での誤解である。同じ記号を与えられているのに、違った解釈になる。国語の試験問題は典型であろう。あんなものに正解があるか。そう怒る人もある。肝心の問題文の著者が、私にも正解はわかりません、などという。このあたりの誤解になると、誤解かどうか、そこが明瞭でなくなってくる。

第三段の誤解は、世の中に蔓延している。これを勝手な解釈という。碁将棋の世界では「勝手読み」という。自分の都合のいいように、相手の出方を読む。自分の都合のいいようにしか、読まない。インテリ風にいうと、これを客観性がないという。叱られるかもしれないが、多くの商売がこれで成り立っている。株を買って儲かるはずが、損をした。多くはこれは勝手読みをするからであろう。でも私は株を買ったことがないから、真相はわからない。素人は第一種の誤解をしがちなのである。

結論はなにか。第二種の誤解が、もっとも安全な誤解である。それは当然で、正解がわからないからである。だから私はその世界が好きなのである。数学が嫌いなのは、うっかりすると正解があるからである。株が嫌いなのも同じである。結果論としては、損したか得したか、それが決まってしまう。科学の世界は、いつでもそこがドロンゲームになる可能性を秘めている。それでなければ、面白くない。科学の結論を正しいと思っている人がある。それは第一種の誤解である。科学を嘘ばかりついているという歴史として描いた本まである。政府のいうことと、科学者のいうこと、どちらを信じるかというなら、五分五分であろう。どちらも所詮は人間のいうことだからである。

（二〇〇三年五月）

意識の世界

意識は自分が主人公だと思いたがる。とくにいわゆる西欧文明では、その傾向が強い。いまでは意識に回復の見込みがないと、死んだことにすらなる。脳死がそれである。

それは単に意識中心だということで、それだけのことである。意識がもはや回復しないなら、死んでいるというのであれば、アメーバはたぶんみんな、はじめから死んでいる。

ヒトは意識が中心かというと、残念ながら身体がある。意識は切れ切れで、しかも意識が切れているときも、切れていないときも、身体はある。それなら身体のほうが恒常的で、それが自分の「中心」のはずだが、意識はときどき「身体が元手」なんてつぶやくていどで済ませる。

意識が中心だと考えるのは、無理がある。その無理を通すために、さまざまな工夫が凝らされる。それが言語という意識のはたらきであり、都会である。都会に住んで言葉を使っていれば、世界は意識だと思い込むことができる。それを反省させる方法をときどき考えるが、「自分の命日を紙に書いて背中に貼っておけ」というくらいしか、思いつかない。自分の死ぬ日も知らずに、なにかと予想ばかりするのが意識の癖である。私が「こうしたらどうですか」というと、「そうしたら、どうなりますか」と聞き返される。「やってみなけりゃ、わからないじゃないですか」というと、「無責任な」といわれる。それをいうなら、命日を背中に貼っとけと、だからいうのである。自分の意識が永遠に消える日も知らないで、よく他人を無責任だと非難するよナ。私はそう思うが、ほとんどの人はそう思わないであろう。だからいまは都会なのである。

なにかしようと思う、つまり意識的な行動を起こそうとする。水を呑むでも、散歩に出るでもいい。「そうしようと思う」一秒前に、脳は動き出している。つまり意識は後知恵である。脳の状態が決まって、それから意識が生じる。どうもそういうことらしいのである。それなら意識が威張る根拠はない。脳のはたらきに左右されているからである。この場合の脳とは、身体の一部である。

自由意志はどうなる。欧米人なら、そう訊くであろう。そんな言葉は日本にはない。自由意志がなかったら、責任もないじゃないか。それはそういう筋で考えるから、そういう議論になるだけのことである。戦争が終わったとき、日本社会の指導者たちは、いずれも自分は戦争に反対、あるいは必ずしも賛成じゃなかったと述べた。自由意志なんて認めなければ、そういうことになるはずである。脳のほうが先に動いてしまったんだから。

それを山本七平は「空気」と呼んだ。「あのときの空気では、あれでやむをえなかった」と、多くの人がいった。その発言は正直なところであろう。雰囲気が意識を決定したところで、べつに不思議はない。意識のほうが雰囲気を決定するわけではないからである。欧米の「文明」では、そんな話は認めてもらえない。なにしろ欧米人は「自分がある」と堅く信じているからである。でも脳科学をやる人たちの一部には、欧米人でもすでに「自己なんて怪しいものだ」という感覚が生じている。そんなもの怪しいに決まっているので、なぜならだれだって自己の定義なんてできないからである。

「我思う、故に我あり」。それはそうだが、その「我」は点でしかない。「思う」にしたところで、「なにを思うか」、それは人により、時により、違うに決まっている。点を我だというのは勝手だが、点に内容はない。その点に内容を与えると、その内容はどんどん変わるから、自己の定義はできなくなる。つまり無我であろう。

ずいぶん乱暴な議論だが、わかる人にはわかるはずである。だって仏教では昔から無我というので、それはべつにデタラメの議論ではない。三歳のときから六十七歳の今日まで、私は「連続」しているようだが、物質的にはほとんど連続していない。私の身体を作っている分子は、ほぼすべて入れ替わってしまった。唯物論的には、とうてい「同じ私」なんていえない。唯物論的な科学者が、「存在するのは自分だけ」などと考えるなら、唯物論を本気で信じていない証拠である。自分なんて、物質的には存在しないというしかない。

じゃあ、なにがあるのか。システムとでもいうしかないであろう。身体は複雑なシステムで、それが連続しているのである。それはちょうど会社や日本政府と似たようなもので、十年前と比べたら、会社や政府を構成する人は、ずいぶん入れ替わっている。それを「同じ」会社、同じ政府だと、意識が思っているだけである。

自由意志なんてない、意識は後付けだというと、怒ったり、心配したりする人もあるのではないか。でも日本では、世間というものがあった。なぜ世間を考慮するかというと、そのあり方が意識を決定すると、人々が経験的に知っていたからであろう。「世間に迷惑をかけちゃいけない」。それが基本になっているのは、日本人は世間という状況の中で生きるからである。それなら世間から外れたら、どうなる。しばしば妙なことをする。旅の恥はかき捨てになったり、戦時中の残虐行為になったりする。それじゃあ、自分がない、自主性がないじゃないか。だってはじめからそんなものはないんだから、しょうがない。欧米人ならそういうものがあると思うのは、社会つまりかれらの世間が、そういう前提でできたシステムになっているからである。それだけのことである。

日本がなぜ飽食の時代になるかというと、食を十分に与えないとどうなるか、前の戦争が証明してしまったからかもしれないのである。南方戦線で飢えた兵隊が大量に出たところでは、兵隊が殺し合い、相手を食べたという。それはなにも人間が性悪だからではない。飢餓状態に長く置けば、あんただって人を食うかもしれないよ。それを意味しているだけである。だからこそ、食料がつねに確保されていなければならないのである。飽食の時代に、ほとんどの人がそう思っていないというのは、私のせいじゃない。本気で考えていないだけのことであろう。

まことに衣食足りて礼節を知る。衣食が不足でも礼節を知るように、人を育てることが可能かどうか、私は知らない。たぶんできないであろう。それができる人がいるかもしれないことは認めるが、それなら古人は衣食足りて礼節を知ると、わざわざいわなかったはずである。そうなるように、子どもを育てたはずだからである。衣食が不足でも礼節を知るのが偉い人だ。残念ながら、世間は偉い人だけでできてはいない。おおかたはフツーの人でできている。それなら衣食足りて礼節を知るのであって、足りないうちはダメに決まっている。だから戦後の日本は必死になって、衣食足りるようにしたのであろう。

自己があるなどとうっかり信じ込むと、それがわからなくなる。衣食を不足にしておいて、それでも礼節を知る「偉い人」を探そうとする。それを私はムダと呼ぶ。北朝鮮はたぶん衣食が不足している。だからあの国の人は、礼節どころではないのである。

（二〇〇五年十月）

論理と無意識

論理は徹底的に意識的で、無意識はむろん反対である。でもこの二つを並べるのは、論理的ではない。なぜならまず包含関係が違う。論理は意識より下位にあり、意識は論理以外にもさまざまな機能を含んでいる。つまり両者は抽象化のレベルが違う。論理は意識の一部であり、その意識が無意識に対応する。

無意識そのものは、定義により意識できない（定義するのは意識である）。それならなぜ無意識という言葉があるかというなら、メタレベルではそうした表現が可能だからである。論理というレベルがあるとすれば、それより一段階、抽象化された表現が意識と無意識である。論理は意識に包含されるからである。

でも無意識にも、具体的な対応が存在する。たとえばレム睡眠でない眠り。あれは完全な無意識といっていいのではないか。それに対して覚醒という状態があって、それは具体的な意識というしかない。それなら意識と無意識は、睡眠と覚醒という、二つの状態として、どちらも具体的な存在の状態ではないのか。つまり抽象的ではない。

意識は肯定的な状態だが、無意識はこの語が表現するとおり、否定的な状態である。肯定と否定は反対語ではなく、語としての機能が違う。そう思ったほうがいいと私は思う。哲学者でも論理学者でもないから、そこをていねいに議論する気はない。しかし「ある」と「ない」のような否定形を含む、いわゆる反対語は、内容的には反対ではない。むしろ補完的である。

意識と無意識も、語の表現に反して、補完的と見るべきであろう。そう見るならば、睡眠と覚醒というレベルで論じてよいことがわかる。どちらも脳がふつうにとる状態だからで、その二つを合わせて(補完)、脳機能を時間的に表現したことになる。ふつう人は寝ているか、起きているか、どちらかだからである。

自分でもアホなことを論じていると思う。じゃあ、どこが変だったのかというと、意識と無意識を、まず論理で論じようとしたからである。実態で論じたら、睡眠と覚醒になるところを、意識と無意識についての論理で論じ始めたから、変になった。そう私は思う。だから自然科学者はこういう論理というより理屈を、「哲学」と称して嫌う。睡眠と覚醒なら、むしろ話に乗ってくると思うが。

意識にはさまざまなはたらきがあると述べた。そのなかで、論理というのは、変なはたらきである。なぜなら外部化できるからである。単純な論理、たとえば四則計算なら、計算機がやってしまう。つまり脳ミソはいらない。計算機が遂行しているのは手続きで、論理ではない。そういう異論もあろう。でも論理はじつは手続きである。論理はコンピュータで間に合う。アルゴリズムを発見すればいい。アルゴリズムが見つからないのに、論理的に正しいということは、たくさんあるかもしれない。でもいずれアルゴリズムが見つかるはずである。

言語も外部化できる。じゃあ、外部化できる脳機能こそを、意識というのではないか。そこまでいうと、文句が出るであろう。言語や論理は意識の一部であって、すべてではない。意識のなかには、言語化も論理化もできない部分がある。それならそれを「無意識」というべきではないか。そうはいかない。

それ自身が、言語でも論理でもない意識が存在する。それをクオリアという。私はそう思う。クオリアは完全には言語化できない。私の痛みがどのような性質で、どのような強度か、正確に言葉にはできない。でもそれは「意識されている」。だからそれをクオリアというのである。日本語でいう心は、まさにクオリアを含んでこそ成り立つ。よくそれを情感などというが、情感もクオリアと関係が深い。

ふつう日本語の「心」に、論理は含まれていない。西欧哲学の侵入で、いちばん混乱したのは、ここではないかと思う。西欧の哲学は論理学と親近性がある。論理を含んで哲学が成り立ち、やがてそこから自然科学が派生する。それを全体として「意識」のはたらきと見なす。そうすると、論理は意識に含まれることになる。たしかに論理は意識で扱われるが、意識がなくても成立する。それがアルゴリズムである。

論理的必然は外部的にも成り立つから、それはむろん意識だけの問題ではない。外部的に成り立つものは、自然的なことであって、人の心と関係がない。世の中で起こっていることが、論理的必然と見なされうるなら、それは世界に作り付けになった規則にしたがっているのだから、人の情感や意図や意思、つまり広義の心とは関係がない。それを厳密に手続き化していけば、自然科学になる。とくに物理学になるのは、おわかりであろう。物理の法則に人はいらない。人がいようがいまいが、物理法則は通用している。ということになっている。同じことを東洋でも考えた。ただし自然科学がない社会だから、社会法則まで含めて外的必然を考えようとした。朱子学の天人一致は、その典型であろう。

天の道と人の道は、一致しなければならないのである。

まとめれば、こうである。意識には外部化できる部分と、できない部分とがある。できる部分が論理と言語である。できない部分がクオリアである。無意識とは、それ以外の脳機能を指す。

われわれの呼吸は延髄の機能である。でもそれ自体は意識できない。水中で呼吸を止めていれば、いずれは「無意識に」息を吸ってしまう。だから溺れる。寝ているあいだは、無意識である。夢はある種の意識だが、夢を見ていない睡眠状態も存在する。その機能はおそらく意識という秩序活動によって生じたエントロピーを片付けることである。無意識をもっとも広義にとるなら、ほとんどの身体機能は無意識である。しかし多くの場合、それでも神経活動は行われている。

話はこれで終わり。それじゃあ、なにもわからない。そりゃ当然で、私にもわかっていないからである。最大の問題は、脳機能としての意識の発生が、物理的に説明不能なことである。意識が説明不能なんだから、無意識が説明できるわけがない。じゃあどうすればいいか。健康な答えは、意識という機能をさらに追求することである。私は古稀に近いから、それはいまさら無理である。それならどう考えたらいいのか。

どこかに前提を置くしかない。前提を置かなければ、議論が成立しない。その前提とはなにか。ヒトの脳がヒトの意識を発生させる。それだけである。世界のどこかに前提を置くとすれば、私は神にも置かないし、宇宙の存在にも置かない。ヒトの脳がヒトの意識を生じるということに置く。それは前提だから、他の方法で説明する必要はない。そこさえ認めれば、あとは自動的に進行する。それが唯脳論である。

それではわからないことは、どうする。わからないといっているのは、あなたの意識つまり脳の機能である。それなら脳を調べたらいい。無意識はどうする。意識がそれが存在するというのなら、存在する。では意識がすべてか。そんなことはいってない。ここでその意識は脳の機能だという前提に戻る。

たぶん私は死ぬまでここに止まると思う。若い人たちが、意識について、さらに発見を重ねるかもしれない。しかしそれが右に述べた範囲を出るかどうか。それを私は疑う。なぜなら科学は意識活動の一部であって、それなら意識の範囲を出ないはずである。それ以上を求めるなら、それは神秘主義にしかならない。ただし私の意識と、他の人たちの意識が「同じ」だという保証はない。だから意識の秘密を解明したと思う意識が出現しても、私は驚かない。そのときに私の意識がそう思うかどうか、それが問題だからである。「ここに止まる」と述べたのは、「そうは思わないだろう」と予測するからである。それ以上のことはわからない。論理的に、わかるはずがないではないか。

（二〇〇六年十月）

モノと情報

古稀を過ぎた老人がいうことでは、あまり参考にならないのではないか。最近ものを書くと、よくそう思う。現役で働いている人たちとは、まず生きてきた時代が違う。しかもこの間の時代の変化は、世界史の上でもかなり極端だったのではなかろうか。

同時に思う。ヒトはべつに変わらない。生物学でゲノムの研究が進み、遺伝子を個々にいじった程度では、生物は変わらないことがわかってきた。遺伝子導入をされた個体は、たしかに個体としての性質は変化する。しかしマウスという種はあくまでもマウスであり、ラットに変わるわけではない。家畜の品種改良と、根本的に違ってきたわけではない。

ヒトが変わらないとすれば、時代の変化とは無関係に、年寄りがいい残せることがあるのではないか。そう思って、これを書いている。

私が生きた時代とは、どういう時代だったか。文科系の本を調べたら汗牛充棟、一生かかっても読み切れない書物の集積があるはずである。そんなものを参照している暇はない。寿命も残っていない。では理科的にいったらどうか。まず石油の時代だったという一言であろう。そんなことはない。いまいちばん重要なのは情報だ。そう思う人もあるかもしれない。そう、概念としては情報だが、モノとしては石油である。その二つでいいのではないか。

まず石油だが、二十世紀の初頭に、テキサスから大量の石油が噴出する。これがわずか三年後には、フォードが家庭に一台という大衆車構想を打ち出し、ライト兄弟が飛行機を飛ばす。当時米国は欧州に対する後進国だったが、時間とともにそれが逆転していく。欧州に止めを刺したのは、むろん第二次世界大戦である。科学の世界でいうなら、優秀な学者が数多く欧州から米国に行った。日本もまた、アメリカに学んだ。

そのアメリカに影が差している。オバマ大統領の登場を明るい未来の兆しと受け取るか、衰亡の始まりと受け取るのか。後者であろう。それはなぜか。ここでも理科的に簡単に述べよう。米国の凋落はすでに一九七〇年に始まっている。第一次オイルショックである。これは大産油国だった米国が石油の輸入国になったためである。米国内での石油需要増に、産出が追いつけなくなった。米国文明の興亡とは、石油の有無である。それは古代文明が木材という資源、エネルギー源を失ったときに、どういう道をたどったか、それと同じである。

日本について、一言付け加える。この前の戦争の直接の原因は、ＡＢＣＤライン、すなわち米英中蘭による日本への石油の禁輸である。それを若い人たちはほとんど知らないのではないか。石油を切られた日本では、軍部がパニックを起こした。軍艦も飛行機も車も、石油がなくては動かない。だから緒戦はまず蘭印の石油獲得に動き、同時に本土に石油を運ぶため、制海権を確保しようとした。だから米国太平洋艦隊の基地であった真珠湾攻撃であり、英国東洋艦隊の基地だったシンガポール攻略なのである。それが終わったら、戦略目標も消えた。だからその後がミッドウェーで、あそこから戦局が逆転していく。でも、なぜあんなことをしたのか、だれもわからない。要するに自分に必要なのは石油だという単純な事実を、きちんと意識していなかっただけであろう。八紘一宇、鬼畜米英、一億玉砕、要するに意味のない言葉が横行したのは、モノをきちんと見るという冷たさに欠けたからだと思う。愛国心なんて、はっきりいえば関係がない。

十年前なら、個人あたりにして、日本人のエネルギー消費を一とすれば、米国が四、欧州が二、中国は一桁下であった。国際社会での地位のようなものが、それに比例していることは、だれでも認めるであろう。「理科的にいえば」、それだけのことである。

石油の後はどうなるのか。だれにも読めない。ただ私は個人的には、エネルギー高消費型の文明は、地球を滅ぼすだけだと思っている。化石燃料を好きなだけ消費した現在の世界がいい例である。それはいかなるエネルギーを新規に開発しても同じことである。なぜなら文明とは意識活動の産物で、意識にランダム活動はない。つまり秩序活動である。それなら意識活動によって世界を動かせば、かならずその分のエントロピーが発生する。それが環境問題、公害問題の根源となるからである。

以上で私の文明論の筋書きはお終い。

じゃあ、情報のほうはどうなるのか。右の続きでいえば、石油の限度を見た米国の利口者たちが、エネルギーにできるだけ依存しない仕事を考えた結果が、インターネットであり、金融なのである。ただし金融でいくらお金を稼いでも、人類全体の富は増えない。お金を使う権利が右往左往するだけだからである。インターネットを一日見ていても、なにも生産できない。じゃあどうすればいいかって、モノの世界をどう情報化するか、それが科学の基本なのである。

情報処理と情報化は、言葉にすればわずかの違いだが、まさに天地雲泥の差がある。インターネットのなかにあるものは、すでに情報化されたものである。それをどう扱っても、それは広義の情報処理である。しかしモノを見て、それを情報化するのは、じつは容易ではない。私は解剖学を専攻した。人体は昔からあって、いまでもある。それをどう「言葉にするか」、それが解剖学の基本である。さらにいうなら、ヒトは「言葉を創る」。人体にわけのわからないものがあって、まず名前がつけられ、やがてそれは「どういうものか」、しだいに概念付けられていく。そうやってヒトは言葉を創り続けているのだが、まさか言葉が創られるものだとは、いまのヒトは思っていないのではないだろうか。既成の言葉を運転すれば十分、それどころか、既成の言葉の運転もままならない、車が複雑すぎる、そう思っているのではないだろうか。

情報という概念を考えてみよう。情報とは時間がたっても変化しないものである。こんな定義は私しかしないが、そうなんだから仕方がないのである。つまり「同じもの」である。たとえば「平家物語」も情報だが、あの文面は七百年間、まったく変化していない。それでなにが諸行無常か。写真だろうが、血圧のデータだろうが、情報はすべて記録された時点で停止している。意識はそういうものしか扱えない。だから世界が意識化されてしまうと、つまり都市化すると、必然的に情報化社会となる。そこではヒトも「同じもの」つまり「私は私、同じ私」となるからである。もしあなたが理科系の出身なら、その物質的根拠を問うべきであろう。物質代謝があるために、モノとしてみた人間は諸行無常、同じであることができない。人体の七割は水だが、その水は一年で何回入れ替わるだろうか。標識されたアミノ酸を食事とともに投与すると、三ヶ月以上たてば高分子に取り込まれたアミノ酸でも、なくなってしまうことがわかる。福岡伸一さんのいう動的平衡である。

ヒトが情報になれば、世界は情報化する。それは当然であろう。ではこの情報という概念は、いつできたのだろうか。面白いことに、十九世紀の生物学の歴史を調べると、情報という概念をめぐって、学者が苦労していることがよくわかる。生物には、無機的なモノの世界とは違ったなにかがある。それを「生気」と呼ぶ。そういう考え方の人たちは、生気論者として、後の機械論的生物学の支持者から、時代遅れの学問として批判された。生気論の代表者、たとえばドリーシュの著作を読み直してみればいい。そこで著者が必死に語っているのは、当時「言葉として存在しなかった」情報のことなのである。

それだけではない。メンデル、ダーウィン、ヘッケルというのは、十九世紀を代表する生物学の法則を考えた人たちである。それぞれは、本当に生物学の法則だったのだろうか。私はそのことを『人間科学』(筑摩書房)に書いたことがある。私の意見は、まだ学会の定説などにはとうていなっていない。しかしどの法則も、単に情報に関する経験則なのである。

よろしいですか。生物を「情報として見る」なら、生物は「情報としてふるまう」ことになる。メンデルはたとえば黄色いエンドウ豆をA、緑のエンドウ豆をaと書いた。つまり生物の形質の一つを記号化したのである。そしてその記号の遺伝的組み合わせを考えた。大切なのは、黄色あるいは緑という感覚的性質を、メンデルは情報化つまり記号化したことである。遺伝において、生物のさまざまな形質は記号的にふるまう、つまり「情報として」ふるまうのである。だってメンデルはエンドウの形質を「情報として」見ているからである。

さてその情報は、どうなるのか。自然淘汰に会う。私がいくら立派な説明をしても、あなたの脳に適応しなかったら、その情報は「滅びる」。頭に入らないのである。自然選択とは、それだけのことである。インターネットの中にいくら情報があろうと、あなたに必要な情報はほんの一部である。つまりほとんどの情報は、「自然淘汰される」。情報として見た生物が自然淘汰されるほど、当然なことはない。

ヘッケルは「個体発生は系統発生を要約して繰り返す」といった。それを生物発生基本原則と述べたのである。これはなにか。あなたが論文を書くことを考えたら、すぐにわかる。その論文が扱う主題について、いままでの研究者たちがなにを述べたか、それを「短く要約して繰り返す」であろう。その先に、自分独自の所見を「付け加える」。こうして生物は「進化する」のである。要するに、十九世紀に情報という概念がなかったことが、一種の混乱を生んだだけである。だからDNAの構造決定が生物学の革命だったのである。そのことは詳述しない。面倒くさい。

つい最近、ディケンズの「オリヴァー・ツイスト」（一八三八年刊）を読んだ。面白かったのは、「なにかニュースがないか」と作中人物がいうときに、インテリジェンスという言葉が使われていることである。これがインフォーメイションになるまでに、ほぼ百年近くかかっている。

モノと情報、この二つについて、きちんと考えておけば、あとは細かいことではないのか。年もとったし、私はそう考えるようになった。皆さんの参考になるかどうか、それは知らない。

でもモノと情報以外のこと、人間関係とか、お金とか、そういうことは学問にとって所詮は付録である。金がなければ、仕事にならない。それならその仕事は金がした仕事か、あなたがした仕事か。

（二〇〇九年十二月）

繰り返し

七十年生きてくると、いろいろな違いを感じることになる。個人の年齢もあるし、時代の変化もある。

とはいえ大学時代の恩師は、人は同じだよ、といわれるのが口癖だった。恩師の世代は戦争を二十歳前後で過ごしているから、さまざまな思いがあったに違いない。それでも人は同じといわれたのだから、同じなのであろう。

なぜそれをいわれたかというと、普遍性ということだと思う。いつの時代にも、変わらないことがある。それだけが大切なのだ。恩師はそういわれたのだと、私は勝手に思っている。あの世代は、戦前から戦争、戦後へと、時代の変化に翻弄されたに違いないから、そう思って当然だとも思う。

でも私自身は、いつも違いを見てきたような気がする。べつに恩師に反論するわけではない。同じだからこそ、違いが面白いのである。なにもかも、いつも同じだったら、面白くない。

虫を集めて、なにをしているのか。違いを見ている。同じと見なされている種でも、関東で採れたものと、四国で採れたものが違う。じゃあ違うのが面白いのかというと、関東と四国なのに、あまりにそっくりなので驚くこともある。ここまで似ているのは、尋常ではないではないか。こういうふうに、「同じ」と「違う」は、私の頭のなかで、相携えているのである。

じつは「同じ」と「違う」では、脳のなかでの在り処が違う。私はそう思っている。「同じ」というのは、本当の脳の中の話である。「違う」というのは、感覚に基づいている。ふつう「考えが違う」などというから、違いは頭の中にもあるじゃないか、と思ってしまう。でも「考えが違う」ときには、「話せばわかる」かもしれない。しかし感覚が違うというときには、どうしようもない。

「今日は暖かいね」といったときに、相手が「俺は寒い」といったら、それこそどうしようもない。この種の違いは感覚に依存しており、違いをそのまま「認めるしかない」。でも「平和が大切だ」というときには、平和にもいろいろあり、大切にもいろいろあることがわかる。「環境が大切だ」にいたっては、もう少し聞いてみないと、なにをいっているのか、よく把握できない。

頭のなかのことで対立するのは、愚である。イデオロギーの世界は、そうなりやすい。感覚の違いをイデオロギーの違いと捉えてしまうと、手がつけられない喧嘩になる。そんなことは、だれでもわかっていると思うが、でも実際にはそれで喧嘩をするのである。

「同じ」ものを指して、概念という。どれだけ違った人を集めても、人は人だから、概念上は同じである。でも感覚は違うという。概念と感覚が自分自身のなかで、いわば同居している。それが大切である。なぜなら、頭のなかだけで考えたら、これは矛盾だからである。一人一人、全部違って見えるのに、なんで「同じ」人なのか。

概念も感覚も、大切さは等しい。なぜなら、どちらもなくてはならないからである。概念だけあっても、具体的には生きていけない。でも概念がないと、言葉が使えない。社会生活ができない。動物には、おそらく概念がほとんどない。「同じ」というはたらきが、弱いのであろう。人間の脳だけが、「同じ」という強いはたらきを持った。それが言葉を可能にし、お金を可能にした。

言葉は感覚的に異なるものを、「同じ」としてくる能力である。お金は違うものを、「等価として」交換する能力である。どちらも「同じ」というはたらきが基礎になっている。これもずいぶん当たり前のことだが、あまり聞いたことがない。人間にとって、あまりにも当たり前のことだからであろう。

動物を見ていると、その「同じ」というはたらきがない、あるいは弱いことがしみじみわかるように思う。これもあまりいわれないことである。だから、ご理解いただけるかどうか、わからない。ともあれ動物が言葉もお金も使わないことは、よくご存知のはずである。

違うものをできるだけ見て、そのなかから「同じ」にできることを探す。それが私の一生の仕事だった。結局そういうことだったなあと、七十歳にして思う。自分は他人と違う。感覚からいえば、そんなことは当然である。でも頭のなかがまったく違っていたら、おたがいに理解ができない。われわれは「違う」から「同じ」へ、「同じ」から「違う」へと、たえず繰り返しながら生きるのである。

（二〇〇八年三月）

笑いの共通性

笑うのが嫌いな人って、いるんですかね。笑いの好みはいろいろあるでしょうけど。くだらないことで皆が笑っていると、一人だけ不機嫌になる人がいたりします。これはまあ、仕方がない。皆が笑っているのに、自分だけ共感できないというのは、つらいところがありますからね。

泣いたり笑ったりというくらいで、笑いは喜怒哀楽の一つ、感情です。でも感情には周囲の共感がどうしても必要で、共感できない感情くらい、社会的に具合の悪いものはありません。朝の満員電車に乗るときに、ホームで笑い出して、以後ずっと笑っていたら、いくら混んだ電車でも、私の周囲だけたぶん空いてきます。不気味だからです。

感情は心の内だから、自分だけのものだ。ひょっとすると、多くの人がいまではそう信じているんじゃないでしょうか。でも感情はもともと社会的なもので、おそらく周囲の共感を前提としています。感情が個人の心のなかに閉ざされ、しかもそれで当然と思ってしまう、それがしばしば現代人の不幸を生んでいる。そんな気さえします。これは感情ではなくて、理性的な話でも同じです。私が理解できることを、他人が理解できなければ、一生懸命に説明します。私は教師をやってましたから、それはよくやりました。それでもわからない学生はいましたけれど、そういう学生だってちゃんと社会人になっているから、そういうレベルでは、わからなくたって、差し支えないわけです。

でも仮に私のいうことが、だれにも理解されなかったら、どうでしょうか。他人にとって意味がありません。つまり社会的には無意味です。だって、だれにもわからないんだから。それならその考えがいくら独創的でも、意味がないんです。いずれ理解されるだろうというなら、それは他人に理解される範疇に入ります。

現代人の常識に反するかもしれませんが、理性であれ、感情であれ、他人に理解されないなら、意味がないんです。一人だけでいつまでも大笑いしていたら、病院に行ったほうがいいといわれるんじゃないですか。

そう考えると、脳の働きは、他人と共通することが重要ではないか、ということに思い至ります。じゃあすべてが共通ならいいかというと、それじゃあつまらない。その人の固有性、つまり個性がないじゃないか、ということになる。

本当にそうでしょうかね。自分の考えが足りない。そういうことは、ごくふつうにあることです。年齢を重ねる、歳をとるということは、そうした共通の理解に自分がだんだんたどり着くということじゃないか。いまではそう思うようになりました。

それが笑いとどういう関係があるかって、笑いも同じでしょ、ということです。だれにでもおかしいことが、結局は本当におかしいんですよね。

笑いのむずかしさは、むしろそこにあります。私は解剖をやってましたから、その意味での笑いのむずかしさを知っています。なぜなら死者は冗談の種になりやすく、しかも身内には笑えないからです。

いまは臨終のときに、最後の手段として心臓マッサージをしたりします。以前は長い針のついた注射器で、心臓にじかにアドレナリンを注射することもありました。医者がその処置を済ませて、結局は患者さんを救えず、ご臨終ですと遺族にいいわたして、医局に戻りかけました。そうしたら後ろから遺族が追いかけてきて、「先生、いまの最後の注射は止めをさしたんでしょうか」と訊いたということです。

そうかと思うと、気合術に凝ったおじいさんの連れ合いが亡くなり、臨終の場でそのおじいさんが医者に、「先生、最後の望みを掛けて、気合を掛けてもいいでしょうか」というので、医者が「どうぞ」といったら、「キェー」と思い切って気合を掛けたんですが、そのおじいさんはそのまま心臓発作を起こして亡くなりました。

こういう話は医者同士でときどきするんですが、身内には笑えない話でしょうね。つまり死というのは、立場によってまったく違って受け取られるんですよ。それをただの冗談と考えたら、かならず怒る人が出てしまいます。そこが笑いのむずかしさなんです。

感情は共通だという話と矛盾するんじゃないの。そうなんですよ。でも立場を変えたら、怒っている人も笑うし、笑っている人も怒るかもしれないんです。こういう場合に、立場は変動するということに、気がつけばいいんです。

いまでは私は人前であまり笑わなくなりました。そのかわり一人で笑うんです。それでないと、いろいろ差しさわりがあったりするからです。でも根本的には、笑いは共通だとわかっていただけますよね。

（二〇一〇年三月）

世間

人が人らしく生きるとはどういうことか。
それをあらためて考える時代になった。

――「人を見る」

東男と京女

出張先の福井市で、面白い話を聞いた。不妊で治療を受けていた若夫婦に、奥さんの上司だった人が、男性用の小便器が家にあるかどうか、尋ねたというのである。夫の精子が少ないことが、不妊の原因だと、不妊外来で指摘されていたらしい。真剣に不妊で悩んでいた奥さんは、とりあえず便器が置けないので、夫に外でするように命じたという。まもなく子宝を授かった。この話をしてくれた本人は、じつはそれは一例ではないのですよ、二度ほど経験しましたと教えてくれた。

大学で教えていた頃、男子学生の元気がないのが気になっていた。元気に勉学に励んでいるのは、女子学生ばかり。そんな気がするくらいだった。

現在、百歳以上の長寿の人は、日本全体で四万人を超えたと聞く。その八割が女性である。生物学的に「それで当然」という人があるが、なぜ「当然」なのか。男女同権ではないのか。厚生労働省は、「男女生存機会均等法」という法律を作るべきではないのか。雇用より、寿命差のほうが、はるかに重要な実質差別ではないのか。

男の子は粗暴だが、じつは神経質で不安定である。その育て方を誤っているのではないかという危惧を、長年教壇から感じてきた。戦後まもなく、私の従姉妹が幼稚園の教諭をしていた。その頃、女の子なら「元気で活発でいいお嬢さんですね」と褒める。男の子なら「おとなしくてよくいうことを聞く、いいお坊ちゃんですね」と褒める。そういっていた。もう半世紀近く前の話である。そのお嬢さん、お坊ちゃんたちがもはや祖父母であろう。元気で活発なオバサンと、鬱病と自殺の中高年男性ができた。

オシッコの仕方一つでも、男にはかなりのストレスになる。なにしろ日常、毎日のことだからである。古い世代なら、二階から小便をしたり、橋の上から開けた空間に向かって連れションをした、「爽快」な気分を記憶しているのではないか。

米国では左利きは短命だという研究がある。毎日開けるドアにしても、右利き用にふつう作られているからである。その意味で、左利きは日常生活のストレスが大きいから短命だというのである。

文明は男に戦争とは違った負担をかける。平安時代は女性の時代であろう。外国人は藤原道長は知らなくても、紫式部なら知っているかもしれない。

東男に京女。その意味をもう一度、深く考え直すべきではないか。どこかに「野蛮な空間」を文化的に保持する。男は芭蕉であり、西行である。用もないのにフラフラ歩き回って、どこかでバッタリ。高層ビルに冷暖房完備で、パソコンの画面を見続けて、男が育つか。まあ精子が減って当然ではないかなあ。この程度のことを書いても、乱暴だと叱られそうな気がする世の中である。

（二〇〇九年十二月）

江戸の政治

江戸時代に関心を持つと驚くことが多い。もちろんこちらが無知だからだが、それは仕方がない。べつに歴史を専門に研究したわけではないからである。

杉田玄白の『蘭学事始』はたいていの人が知っていると思う。でもあれをきちんと読んだだろうか。書き出しに「明日小塚原で腑分けがある」と奉行所から使いが来て知らされた、と書いてある。つまり玄白が参加した有名な解剖は、玄白自身の企画ではなく、幕府つまり官僚の企画なのである。しかも読んでいくと、玄白が参加した解剖が江戸で最初ということではなく、以前からやっていたことだとわかる。もちろん京都での解剖はずっと早く、玄白に先立つこと十七年、宝暦四年に山脇東洋が六角刑場で解剖を見ている。これは京都所司代の公の許可を得ている。

だれが、どういう意図で、江戸での解剖を企画していたのか。少なくとも医学の発展に解剖が必要だという認識が、幕閣の要路にあったとしか考えられない。それがだれで、どういう「常識」があったのか、私にはわからない。玄白が偉かったというだけではない。それを後押しする人たちが要路にあった。そこを考えるべきであろう。

むろん「寛政異学の禁」で表に出たように、守旧的な意見もあったはずである。微妙な綱引きがあったからこそ、歴史に残った名は表に出た民間人なのではないか。江戸の歴史で名が残るのはしばしば民間人だが、後押ししたのはじつは当時の政府である。ただそれは逆に表に出なかった。

「忠臣蔵」はあまりにも有名だが、あれも幕閣の黙認だという説がある。そのいきさつは竹村公太郎著『日本文明の謎を解く』（清流出版）に詳しい。その背景は古くからの長良川の水利権を巡る吉良・徳川の争いであり、征夷大将軍の位を朝廷から下してもらうために吉良家の役割を無視できないという因縁にあった。竹村によれば、浪士の主だった潜伏先はすべて麴町界隈、まさに幕府のお膝元だった。警視庁の眼の届く範囲にテロリストが潜伏していたようなものだったという。

でも庶民はもっぱら忠臣蔵という芝居に引きつけられ、裏の話のほうが、いわば「表」になってしまった。

新井白石の『折りたく柴の記』を読むと、白石の若いころに、当時の大実業家であった河村瑞賢に養子に来ないかと誘われていることがわかる。なにより不思議なのは、どうやって瑞賢が白石の能力を知ったのか、ということである。インターネットもセンター試験もない時代ではないか。人の能力がそんな試験で測れると思っている現代人とは、どこまで単細胞なのか。
　思えば江戸の政治こそが大人の政治であろう。範を欧米にとる必要がどこにあるのか。要は実質的に世の中がよくなればいい。だれかに都合がいいとか、俺が儲かるとか、そういうことではない。しかも世間をある方向に動かしていった人たちが、その面では正史に名も残らないのである。現代の政治家には、江戸の政治家の爪の垢でも煎じて飲んで欲しい。そんな気がする。

（二〇一〇年三月）

世界は一つでいいか

グーグルを知らない人は、もはや少ないだろう。もちろんパソコンをいじらない、インターネットをやらない、そういう人なら知らなくても無理はないが。

そのグーグルという会社の歴史を書いた本が出た。ケン・オーレッタ著『グーグル秘録』（文藝春秋）である。

私はほとんど毎日グーグルのお世話になる。その会社がどういう生い立ちなのか知らなかった。だからたいへん面白かった。

二十代の技術者二人が、あらゆる知識を簡単に検索できたら、だれの役にも立つに違いない。そう思って、検索エンジン、つまり検索方法を開発しようとする。アメリカの話である。

この二人は大学時代の秀才で、日本なら大学に残って学者になるところだが、そこがアメリカ、大学に勤めなくたって、大学の先生がそういう仕事を助けてくれる。そういうベンチャービジネスに資金を出してくれる会社も複数ある。

とはいえ二人とも技術者で、いわゆるオタク、世間の常識はない。お金儲けは考えていない。

仕事が完成すればお金は入ってくる。はじめからそう思っている。念のためだが、私が自分でそう思うようになったのは、大学という勤めを辞めて、何年か経ってからである。仕事とは、元来世のため人のためで、だからお金になる。給料がもらえる。仕事は本来は自分のためではない。ただし現代の日本の若者がどこまでそう思っているだろうか。もっぱら「自分に合った仕事」を探しているのと違うだろうか。大人もそれを容認していないか。

グーグルは、あっという間に発展する。いまも発展中である。なぜそんなに発展したのか。その道程を読みながら、なんと近江商人の「三方よし」を思い出した。「店よし、客よし、世間よし」である。実はそれだけのことではないか。アメリカのことだから、「店」のかわりに「自分」と表現してもいい。

もちろんこうした技術革新にはさまざまな副作用がある。よいこと尽くめであるはずがない。中国からグーグルが撤退したのは、ごく最近のことである。反政府的な情報が流れるのを検閲しろ。そういう中国政府に対し、グーグルは自分の基本方針に反するとした。中国という世間は、グーグルの一部を容認しなかったわけである。

国際関係の難しさ、面白さがここに出ている。アメリカなら当然でも、中国では当然ではない。「世間よし」というのは、世間が一つだった時の表現である。世間が複数になったら、どうすりゃいいのか。

グーグルが一切の「検閲」をしないかといえば、違う。ポルノなら規制するからである。グーグルはまさに「世界は一つ」という方向に世界を動かす。他方それは、ある意味で世界の多様性を減らす。未来の対立は、この問題をめぐって生じるに違いない。あるいは現に生じている。

環境問題もそれに関わっている。有機農業なんて、小さすぎてビジネスにならない。それなら大規模農業だけになったら、世界はどうなるか。こんな危険なことはない。何もなければいいが、何か起こったら、すべてが潰れる。いまなら宮崎県の口蹄疫がよい教訓であろう。

折から今年は国際生物多様性年である。「多様性」という言葉を単なる言葉に終わらせないためには、どうすればいいか。それを始終考える。

（二〇一〇年六月）

言葉とウソ

このところ中国の話題が多い。愉快な話はあまりない。

ある本を読んでいたら、中国人がいったという話が出ていた。「日本は正直でも生きられるところだ」というのである。私はそれを読んで大いに笑ったが、他人に話してもたいてい笑わない。笑いにはそういうところがあって、私のユーモア感覚がおかしいのであろう。

歳をとったせいか、もともとなのか、言葉はウソをつくためにある、という気がしてならない。折から検察官がフロッピー・ディスクを改竄したという話が出ている。フロッピーがまだ使われているということにも少し驚いたが、日進月歩の機械を役所に置くと、そういうことになるのであろう。

私は理科系の教育を受けたから、言葉を自分の都合のいいように改変することができない。とくに解剖学はそうである。事実をなんとか言葉にしようと努力する。なかなか言葉にならない。そこで苦労するから、言葉のほうを改変するところまでは思いつかない。言葉になるのは、事実というものの氷山の一角である。それが身にしみていない人が増えたのではないか。そんな気がする。そういう人は言葉を安易に扱う。だから改変しようなどと思ってしまう。どうせそうするなら、中国人のように、正直で生きられるわけがないだろうが、と思ってしまうほうがスッキリする。

二十年以上も前だが、学生が「先生、説明してください」というようになった。それをいわれると私は機嫌が悪くなった。なぜならその発言の裏には、「言葉で説明すれば、わかるはずだ」という思い込みが見えるような気がするからである。だから昔の人は言葉が少なかったのであろう。相手が男子学生なら、「説明したら、陣痛がわかるか」と答えるようにしていた。

近ごろは説明責任という言葉を聞く。いいたいことはわかるが、この言葉自体は好きではない。こういう言葉の副作用として、「説明すればわかるはずだ」という思い込みが助長されるような気がするからである。ネコにいくら説明したって、通じない。人間はネコではない。そんなことはわかっている。でも人間に説明責任があるなら、理解責任というものがあろう。苦労して学生を教えたら、それがわかるはずである。現代は説明責任ばかりあって、理解責任がない時代である。だから私は『バカの壁』という本を書いた。

若い会社員が、「周囲が自分のことを本当に理解してくれるかどうか、心配なんです」と真顔でいう。あんたネ、そのために言葉というものがあるんだよ。そういっても、通じないであろう。いい子だ、いい子だ。そればかり繰り返し聞かされて、周囲が自分を理解して当然と思って、その歳まで育ってきたに違いない。
私は子どものときから虫が好きで、それを「周囲が理解する」なんて、夢にも思ったことはない。だから虫捕りに必要なお金も自分で稼ぐ。当たり前じゃないか、そんなこと。

（二〇一〇年十月）

過去を問う

お盆の季節には以前はよく外国に出かけた。大学が夏休みになるからである。最近は混雑することが多いので、その時季を避けることが多くなった。航空運賃も割高になる。

八月中旬に外国にいてテレビのニュースを見ていると、八月十五日は対日戦勝記念日というので、いくつかの国でお祝いの行事があって、そのニュースが流れる。それを見ているのも、なんだか変な気分である。自分のことか、他人事か。

このところ日本の近代史に触れる書物が多いような気がする。とくに戦争関係である。時間がたって、多くの人がそれなりの関心を持つようになったのだと思う。歴史上の事実を「間違っていた」と考えるか、「やむを得なかった」と考えるか、これは簡単には答えが出ない。自分の人生だってそうだからである。あのときああすればよかったと、現在思ったところで、そうしていたら、事情がまったく変わってしまうのだから、それはそれでご破算で考え直すしかない。

ヒトの脳は、感覚から入力して、意識がそれを概念化する。意識の中にしかないという意味では、イデオロギーは概念の一種である。そちらを優先すれば、「過去は間違っていた」といえるが、感覚が優先すると、「そうはいってもなあ」ということになる。近代史を述べる人たちについても、この二つの立場が見えるように思う。

戦争を記憶に残そう。そういう動きも絶えずある。むろんこれには困難がある。記憶はもはや脳の中で、いわば概念の一種である。それをなんとか伝えることはできても、感覚は伝えられない。多くの戦争経験者が戦後いわば押し黙ってしまったのは、そのことが大きいであろう。極端な状況のなかで体験することは、感覚的には伝えることが不可能な場合が多い。戦時中、極度の飢餓のなかで、戦友の肉を食べたという話が伝わっている。その状況を説明しろといっても、ムリではないか。それが人の本性で、だから性悪説を採るという人もある。でも極端な状況で、極端な行為が発生するのは、むしろふつうではないのだろうか。特殊な事例から性悪という一般化はできないと思う。

ヨーロッパの中世はキリスト教のイデオロギーが優先する世界だった。だからガリレオはピサの斜塔から球を投げ落としたのである。これを現代人は「実験」と見なす。それはすでにガリレオがやったことを概念化している。そうではなくてガリレオは「感覚に訴えた」のである。重い球は軽い球より速く落ちる。常識というイデオロギーが感覚を支配すると、そういう結論になる。でも実際に落としてみると、そうはならない。

日本の文化は本来は感覚を優先してきた。感覚優先なら、歴史を問うにしても、そのときはそのときの事情があっただろうと考える。若者には受けない見方かも知れないが、歳をとったのだから、仕方がありませんなあ。

（二〇一二年八月）

人を見る

「人を見る」のが、いわゆる上役の仕事である。あの仕事はあいつに、この仕事はこいつに。それが上手にできるなら、あとは新聞を読んで、お茶を飲んで、居眠りをしていてもいい。というのが、私が子どもの頃から、自然に教わったことである。自然にというのは、ひとりでにということで、口に出してそういわれたということではない。

偉い人というのは人を見る能力がある人のことである。それができなくなると、試験をするようになる。その典型が中国の科挙であろう。これにもやむをえない面があって、国が大きくなり、人口が増え、おたがいに顔見知りでない人ばかりになる。そういう世界では、人材の登用にいわゆる「客観的基準」を採用するしかない。

江戸時代の日本はよく治まっていたが、それに関していまでもよく理解できないことがある。たとえば田沼意次はどうして登用されたのか。その意味でいちばんわからないのは新井白石であろう。十代の頃には当時の豪商だった角倉家や河村家から、養子の誘いを受けている。豪商たちがなぜまだ若い新井白石の才能を知っていたのか。おそらく日本全国に網を張って人材をう。

探していたに違いない。それだけ人材の必要を感じており、その点で切羽詰っていたのであろう。

現代はそこまで人の価値が高くない。人権が認められ、平等が普及する。安価なエネルギーが大量に消費できる。そういう時代にはじつは人はむしろいらない。人の価値が高くなったようで、じつは叩き売り状態ではないのか。「かけがえのない」人材は、組織が安定すると、要らなくなる。だれでも代わりが務まるからである。その意味で現代はじつは「人財」の価値が下がったというべきであろう。その善悪を私は知らない。

人間が一日に作りだすエネルギー、その三十から四十倍の外部エネルギーを、現代日本人は消費する。それならとくに体を使う仕事では、人ではなく、外部エネルギーに頼るのは当然である。それが一次産業の疲弊を生んだ。十軒で耕作していた田んぼを、いまでは一軒で扱うことができる。じゃあ残りの九軒は、なにをすればいいのか。

ウェブ社会が広がれば、さらにその傾向は強くなるはずである。事務の多くはコンピュータ任せで済む。古い例だが、電話の交換手を考えてみればわかるであろう。医学でいうなら、診断機械の構想は、私が学生の時からすでにあった。ヤブ医に相談するより、ネットで調べたほうが確か。すでにそういう時代になってきている。あれこれ調べてきた患者が、医師にこうしてください、ああいう薬を出してください、という。患者が医師に指示するのである。

人が人らしく生きるとはどういうことか。それをあらためて考える時代になった。私はそう思う。仕事はエネルギーとコンピュータに任せる。それなら人のすることとはなにか。そういう世界で「人を見る」とは、なにをどう見ればいいのか。というふうなことを考えるのは、人にしかできない。平和と安定、エネルギーのおかげで、生きるのは楽になった。でも仕事はその分、厳しくなったのかもしれないのである。

（二〇一三年九月）

典型的日本人

ただいま出張中で、旅先でこれを書いている。

最初の日が愛知県の苅谷、翌日が岡崎、次が福井、今日は富山県の魚津に行く予定で、それから金沢に泊る。なにをしているかって、昨日までは教育関係。理科離れがいわれる時代に、理科教育をどうするか、そんなことについて話をして歩く。

相手は学校関係者が多いから、来年来てくれないかという声がかかる。「生きていたらうかがいます」というのが、還暦以降の私の決まり文句で、聞いた人はたいてい笑う。でも還暦から一回り過ぎてしまった近頃は、それを聞いても笑わない人が増えた。七十を過ぎた爺さんがそういうと、ひょっとしたら本当に死ぬかもしれないと思うのであろう。相手にも実感が生じるわけである。

数年前に、山口県で曹洞宗のお坊さんの会があった。葬儀を近代化したいという趣旨だった。その会合の幹事役のお坊さんが来られて、新しい形式の模範葬儀を実際にやってみたいという。でも葬儀なんだから、ホトケが必要である。ついてはあなたに死んでもらえないか。そうおっしゃるから、結構ですよ、とお引き受けした。一度死んでおけば、もう死なない。そう思ったわけではないが、べつに何回死のうが、こちらの知ったことではない。毎日寝るたびに意識を失う。ほとんどの人は翌日意識が戻るのが当然だと思っているだろうが、私は仕事柄そんなことは信じていない。寝ているうちにあの世に行けば、もはやそれまで。

それで困るかといえば、私自身は困らない。そもそも死んでしまえば、困る私がいなくなる。葬儀なんて、その後に生き残った人たちのためである。私の知ったことではない。これを他人事という。でも最近は葬儀を自分事だと思う人が多いらしい。だから葬儀にあれこれ本人が注文をつける。余計なお世話じゃないのか。

というのはまあ理屈で、身内にとっては、なかなか死んでくれないのが死者である。だから一周忌から三回忌、毎年の法事があった。そうしてだんだん遠のいていく。本人が思うような葬儀をすれば、身内の負担はその分軽くなる。死んでしまった本人がどう思うか、それをあれこれ悩む必要がなくなるからである。葬儀をごく簡単にしても、本人の遺志ですからと、本当に心からいえたら、遺族も楽であろう。

この歳であちこち歩き回っている私の頭にあるのは、じつは芭蕉と西行。私はこのお二人ほどに偉い。そんなことがいいたいわけではない。このお二人も、べつにそうしなきゃならないという義理があったわけでもないのに、日本中を歩き回って、人生の終わりを迎えた。そう思えば、いまあちこち歩き回っている私も、典型的な日本人だろ、と思いたいだけのことである。

（二〇一〇年一月）

老人よ、重責を担うな

どう考えても私は人の使い方が上手ではない。それが上手にできたら、もっと若いときから出世しているに違いない。

ということは、使われ方も下手だということである。恩師だった教授は偉い人で、私はその下で助手、助教授を十数年務めた。しかしさぞかし使いにくかっただろうと思う。助手のときに外国に留学したが、推薦状に書いてくださったのは「この男は怠け者だが、気が向けばよく働く」という内容だった。

老人の使い方を論じるといったって、私自身が六十五歳を超えてすでに老人である。それなら私自身がどう使われたらいいか、それを考えるべきであろう。もちろん人はさまざまだから、だれにでも当てはまる答えなどない。それは最初にお断りしておく。

まず老人が重要な公職にあっていいか。これはダメだと思う。なぜならもはや体力がなく、無理をすると死ぬかもしれないからである。なにがなんでも長生きすればいいという意味でいうのではない。重大な職務の途中で倒れたのでは、結局は職務に無責任になるということである。それを思うと、現代の日本では引退の時期が遅すぎないかと思う。早く引退しておけば、あんなひどい目には遭わなかったはずなのに。近年そう思う事例が数多い。あえていわないが、いくらでも思い当たるであろう。ということは、現代日本では「老人の使い方が重過ぎる」ということである。

老人を大切にすることは、いつまでも重い役職に就けておくことではない。高齢化社会を迎えて定年延長をいう人も多いが、若者が就職難で、他方で定年延長では、老年のワガママといわれてもやむを得まい。

偉い人に向かって「そろそろ引退したら」とは、だれだっていいにくい。しかし引退の時期を誤ると面倒なことになりかねない。若い人たちが未熟で、組織の内部でいろいろモメたとしても、それ自体が若い人たちの教育になる。

老人がモメごとに巻き込まれたって、疲れるばかり、後の教訓にはならない。教訓になったところで、本人にはもはや次がないのだから、教訓の意味がないではないか。

組織の上のほうは、少なくとも四十代、五十代にすべきであろう。いまの日本では若すぎるといわれるであろうが、それをいうのは老人に違いないから、耳を傾ける必要はない。明治維新を考えてみればいい。

重い職務をはずしたら、なにをすればいいのか。今日一日、私は自分の昆虫標本を整理していた。こういう仕事は、この年でもできる。目が悪くなって、若い人ほど上手にはいかない。それでも使い慣れた顕微鏡の助けで、一ミリほどの虫を標本にしたりしている。

一日やれば、その分だけ仕事が進む。地味だが、だれかがやらなければならない。そういう仕事である。虫の標本ではお金にならない。しかし私自身は社会にとって大切な仕事だと思っている。なぜ大切かって？　説明するのが面倒くさい。

山の手入れだって近所の清掃だって、同じことである。この種の仕事を私は「手入れ」と一般に呼んでいる。できれば自然を相手にして、毎日いくらかでもそれにかかわる。年金を出すのであれば、そうした仕事への報酬とすべきではないのか。一人でする仕事だから他人に迷惑をかけない。

老年になったら、それぞれの人がそういう仕事を持つべきであろう。かつてはそれが盆栽だったり庭木の手入れだったりした。いまでは社会が複雑になったから、考えようによっては仕事はいくらもあるはずである。

そもそもいい年をして自分の仕事を他人に指図されることもあるまい。自分で考えればいいのである。

体が動かないんだが……。そうした状況に対して、その人がどういう態度をとるか。それが人生の価値を若者に教えることに通じる。そこで老人が人生を投げたのでは、若者が練炭で集団自殺をすることを責められまい。
「老人の使い方」になってないじゃないか。あたりまえである。老人は使うものではない。見習うべきものである。いまでは見習うべき老人が減ったとしても、それは私のせいではない。

（二〇〇五年一月）

身体

体の動きが脳の働きの三分の一だとは、
ほとんどの人が夢にも考えていないであろう。
――「体と思考」

身につく

子ども時代の武道のイメージというと、私の頃にはもっぱら講談経由だった。講談を聞くというより、講談本である。だから武道の達人というと、山奥に住んでいる、白髪のおじいさんが浮かんでしまう。

武道を教わろうとして、そういう達人に弟子入りしようとすると、なかなか弟子にしてくれない。そこを無理に頼み込んで、たとえ運良く置いてもらっても、長い間、掃除や洗濯、炊事その他の雑用ばかり。肝心のことは教えてくれない。

だれの話というのではない。なんとなく修行とはそういうものだと思っていた。ただし若いうちは、なぜ雑用しかさせないのか、それがわからなかった。ところが不思議なことに、歳をとるにつれて、この話がはなはだもっともに思われてくる。私には教えるものがないが、仮にあったとしても、こういうふうに教えるんじゃないかと思う。というより、そういうふうに教えるしかないのである。

いまの世の中では、教育基本法とか、教育改革といって議論しているが、かつての教育はそうではなかったらしい。法律を作って、こういうふうにやろうと大人が申し合わせをしたら、たとえば武道が子どもの身につくだろうか。

やっていることが、なんだか見当がはずれてらあ、と年寄りは思う。お寺が子どもを預かって、朝夕庭掃除をして、という生活なら、もしかしたらいまでも教育になるんじゃないか。うっかり答えをまず書いてしまったが、「身につく」ことが教育の始まりであり、終わりである。武道はそれをいちばんよく示しているのではないか。

私は人生のほぼ七十年、本気でやったのは虫捕りだけである。でもそれだけは、身についていると自分でも思う。世界中、どこの土地に行っても、虫を捕るのに困難はない。そんなこと、自慢にはならないが、身につくとはそういうことであろう。いったん身についたものは、古稀になっても抜けはしない。おかげで元気で、余計な暇もない。

（二〇〇七年三月）

体と思考

現代では、体育が軽く見られている。どういうことかというと、脳から見た話である。脳のはたらきを簡単にいうと、感覚から入って、脳の中で情報処理が起こり、運動として出て行く。出て行くところ、つまり脳からの出力が体育なのである。それは入力、処理、出力という三つの過程の一つなのだから、乱暴にいえば三分の一に相当する。

体の動きが脳の働きの三分の一だとは、ほとんどの人が夢にも考えていないであろう。体の動きなんて、自動的だ。なんとなくそう感じているのではなかろうか。なぜそうなるかというと、現代社会では、体の動きをひたすら単調にするように、世の中が作られてきているからなのである。

すべての階段は、一段ごとの高さも幅も決まっている。それが便利だ、楽だというのだが、自然のなかにそんなものはない。私の家は斜面にあって、古い石段を上る。段の高さも幅も、すべて異なっている。真っ暗闇だと、慣れた階段とはいえ、かなりの注意を要する。都会ではこうした階段は、もはや存在自体が許されないであろう。そこでなにが起こるのか。頭が怠けるのである。

毎日、同じ硬さの、まったくの平面を歩いている。それに気づいているであろうか。田畑であれば、田んぼの中、あぜ道、草があるかないか、石ころだらけか、それによって、歩き方すら違ってくる。じつはそのつど、頭を使うのである。それをほとんどやめてしまったのが、現代生活である。

そういう生活をしている人が、「頭を使っている」はずがないではないか。それで世の中が退屈だとか、することがないとか、さまざまな文句をいう。そういう人に私は座禅や武道を勧める。大人になっても、教育は必要で、なかでも現代人に大切なのは、身体の所作を身につけさせることである。若者にそれがないのは、大人にないからであろう。今からでも遅くはない。それぞれの人が体を使うことを、本気で考えればいいのである。

（二〇〇七年六月）

文章とリズム

文章が身体感覚だということに気づいている人は、どのくらいいるだろうか。

はじめて雑誌に文章を書き始めたとき、書き直しが入ると、そのままはじめから清書しなおす癖があった。なぜなら、原稿用紙で訂正が入った文章を読むと、リズムが外れてしまうからである。原稿用紙の枠外に文字が入るから、目がそちらに飛ぶ。これが文章のリズムを乱す。このリズムは微妙なもので、どうしても自分流を守らないと、気に入らないのである。

そのために、長いものはなかなか書けなかった。そのうち翻訳の仕事ができたが、いくらなんでも、これは直すたびに清書するわけにいかない。そこでまず鉛筆で初稿を書き、何度も訂正を加え、あとで清書することにした。ところが鉛筆は筆圧が高いので、腱鞘炎になってしまった。やむを得ず当時はまだ百万円台だったワープロを買った。

ワープロだと、いつも清書である。おかげで腱鞘炎は治った。ワープロの時代は過ぎ、いまではパソコンを使う。

ワープロやパソコンでは、文章を書かないという作家がいる。それはよくわかる。身体感覚なのだから、キーボードを打つのと、ペンや筆を使うのでは、まったく感覚が違ってしまうのである。それなら文章も違ってしまうであろう。

どういうふうに違ってくるか、それはわからない。人によっても違うはずである。私の場合には、そこまで文章に凝らなかったから、手書きからパソコンへの切り替えは簡単だった。理科系なので、文章自体よりは、中身が問題だと思っていたからかもしれない。感覚的な文章ではなく、論理的な文章だから、大丈夫だと思ったのかもしれない。

他人の文章を読むとき、読みやすい文章と、読みにくい文章がある。その理由の一つはリズムであろう。自分が乗れるリズムだと、読みやすいと感じるに違いない。和歌や俳句の五音七音は、もっとも一般的なリズムである。でも日本語のリズムは、明らかに七五調だけではない。ではなにかというなら、それは私にはわからないというしかない。単にリズムといっても、おそらくさまざまな面があるに違いない。

こういうことって、そのまま武道の型に通じるのではないだろうか。

（二〇〇七年十二月）

居つく

京都国際マンガミュージアムの館長ということになったので、ときどき京都に行く。秋の修学旅行の季節だと、高校生が京都駅の床に大勢で座り込んでいる。まあ、いまでは京都駅に限らない。あちこちで時に見かける風景であろう。

私はこれを「居つく」と呼んでいる。武道の言葉を借りただけである。じゃあ、「居つかない」とはどういうことか。

知り合いでラオスでチョウを採っている男がいる。二十年住んで、現地の人と結婚している。山の中にこの男が立っていると、なんだかフワッとした感じである。山道を上っても下りても、路(みち)のない山の斜面を駆け下りても、まったく違いが見えない。単にフワフワ、楽そうに歩いているだけである。

この男がフワッと立っていると、「隙がない」という言葉を思い出す。山の中に立っているとき、チョウがどこから出てくるか、わからない。体のどこかに力が入っていると、チョウの出方によっては、次の動きに差し支えが出る。どこからチョウが出ても大丈夫、そうなるためには、フワッと立っているしかない。八方破れといえば、そうだが、どこから来ても大丈夫という意味では、隙がない。

見事なものですな。とうてい真似はできない。

生きものは本来、常に次の動きに備えている。しかもその動きは、決まったものではない。だからこそ、その場に「居つかない」のである。

地面に「居ついた」若者ばかりの世の中を見ると、ヤレヤレと思う。ここまで体を動かさないでいい世の中を作ってしまったか。次の動きなんて、薬にしたくてもない。動物は動くから動物なのである。動かない動物なんか、生きものではない、置きものだと、私は悪口をいう。それくらいしか、することがない。だって本人が動かないんだから。

（二〇〇八年三月）

虫の動き

動物の動きは面白い。でも動きの研究はむずかしい。当たり前で、相手が動いてしまうからである。解剖なら、相手は動かない。だから私は、その意味では、楽をしてきた。最近はもう解剖はやらない。虫ばかり見ている。虫を見ているうちに、妙なことに気づいた。虫の関節がいわば歯車状になっているのである。

われわれヒトを含め、脊椎動物の関節面は、ツルツルである。昆虫はでこぼこ。関節頭と、それを受ける関節面の両者で、たがいに凹凸がかみ合うようになっているらしい。走査電子顕微鏡でそれを見たとき、アッと驚いた。ネズミやヒトの解剖をしてきた経験からは、まったく考えられないことだったからである。

こういう関節なら、おそらく動きはデジタルになるであろう。高速度で昆虫の動きを撮影すると、いわばコマ止めになっている可能性がある。

虫は肢を曲げたままで、木の葉をかじっていたりする。肢を曲げたままにしているから、かなり力が入っているはずだと思っていた。じつは関節がかみ合わせ状になっているのだから、力はいらない。歯車が嚙(か)んだようになっているからである。

こういう関節を長年使ったら、どうしても磨り減るに違いない。虫の寿命は短いから、おそらくこういう関節でいいのである。さらに、こういう関節を速く動かすと、音が出るはずである。だからカミキリムシはキリキリ音を出す。あれは首の関節を動かしているのである。

虫の動きは、ヒトとはまったく違う。だから直接の参考にはならない。でも動きというものを一般的に考えるには、大いに参考になる。生きものは、人間が理屈で考えることができる可能性を、たいていは実現しているのである。

それにしても、ビックリしますなあ。自然は思わぬことをしているのである。

（二〇〇八年九月）

身体の問題

肥料をやらないと、木は根を伸ばすようになる。必死で栄養を獲得しようとするからである。逆に十分な肥料を与えれば、根は伸びが悪くなる。

現代社会を見ていると、要するに栄養の与えすぎではないか、と思うことが多い。子育てがそうである。肥料は十分だから、見た目も習い事も、ともあれ子どもは立派に育っているのだが、根が張っていないのと違うか。

会社でも、若い人は「指示待ち」といって、いわれなければ、やろうとしないという。医療の世界でも話は似ている。若い医師は、教科書どおりの怪我なら扱ってくれるが、それを外れたケースは扱えない。どうしたらいいか、わからなくなるらしい。救急医療をやっている後輩がそういっていた。

算数でも同じである。問題の解き方は、教えてはいけない。なんとか自分で解かせるようにすべきなのである。それができないというのなら、もはや数学なんて縁のないものと思って、あきらめたほうが結局は早い。私はそう思う。自力で解いた問題の解法は、まず忘れることはない。忘れても、考えれば、かならずまた解ける。解法を教わった問題は、そうはいかない。かならず解法を忘れるのである。

なんの話か。こういうことは、結局は身体の話なのである。学んだことが「身につく」かどうか、だからである。算数だって、ちゃんと身につく。ただし、自分で考えさえすれば、である。解法を忘れないのは、自転車の乗り方、泳ぎ方を忘れないのと同じである。こういうことは、いったん身についたら、もはや忘れることはない。身体が記憶するからである。

世間がそれを単に「頭の問題」と思うようになって、もう何十年になるのだろうか。頭じゃあない、身体のことなんですけどね。

（二〇〇八年十二月）

聞くということ

解剖学を学んで、不思議だと思ったことがある。内耳のカタツムリの構造である。これは名前が示すとおり、カタツムリによく似た形の骨である。もちろん中に柔らかい管が入っていて、その管を堅い骨が囲んでいる。だから骨も管も、カタツムリの形なのである。この管は、全体としてみれば、円錐形をしている。細長い円錐をぐるぐる巻けば、カタツムリになることは、おわかりいただけるであろう。鳥や爬虫類では巻いていないから、円錐形の管のままである。これではカタツムリとは呼べないと思う。でも正体は同じものである。

この管の中央には横に膜が張っている。だからこの膜を上から見れば、長い三角になっている。管の入り口では巾が広く、奥に行くほど狭くなる。鼓膜から伝えられてきた音は、この膜を振動させる。この膜が三角になっている理由は、音の高さつまり振動数によって、膜のどの部分が強く振動するかが、違ってくるからである。つまりカタツムリとは、本来は音の高さを判定する器官なのである。

ということを知ったときに、私は不思議に思った。同じ高さの音が聞こえてきたとき、カタツムリの膜の同じ場所が振動するはずである。それならその音がピアノの音であろうと、カラスの鳴き声であろうと、同じ高さの音だとわかるはずである。小さいとはいえ、自分の体の同じ部分が動くのだから。

でも、その音の高さが、私にはわからない。別な言い方をすれば、絶対音感がない。なぜ絶対音感が私にはないのか。それは長年の私の疑問だった。

あるとき書物を読んでいて、動物には、調べられたかぎり、絶対音感があるものだと知った。それで気がついた。私は絶対音感がなかったわけではない。育ってくる過程で、それが「なくなった」に違いない、と。内耳の構造が、ヒトと動物で、さして違うはずがないのである。動物に絶対音感があるなら、ヒトもはじめはそうに違いないのである。絶対音感は小さいときから訓練しないと「つかない」。以前はよくそう言われていた。だからピアノのような楽器の演奏を小さいときから教える。それを続けていると「絶対音感がつく」と考えられていたのである。しかし、実はそうではない。音楽を訓練していれば、「絶対音感が消えない」のである。

なぜか。言葉を考えたら、すぐにわかるはずである。お父さんの声は低く、お母さんの声は高い。二人が同じ言葉を発したとき、子どもはどう聞くだろうか。絶対音感が強ければ、二人の言葉は「違う」とただちに判断されてしまうであろう。それでは言葉を習得するのに困難なはずである。だからこそ、動物は言葉をしゃべらないのである。

われわれは、たとえば「コ」という音を、どの高さで言われても、「同じコ」だと判断する。でもそれって、ものすごく不思議ではないか。高さを無視したとき、「コ」という音の共通点はなにか、そういう疑問をふだん持つことはないであろう。でも動物は持つかもしれないのである。「コ」が「コ」と「聞こえる」のは、内耳のせいではない。脳のせいなのである。

こうして私は音痴の定義を得た。「音の高さは違っていても、同じ曲だと信じて歌える能力」こそが音痴。つまり人間的能力なのである。音楽は言葉ではない。そこでは音の高さが優先して差し支えないのである。

そんなこと、考えたことないよ。つまり人は当たり前を考えようとはしない。それこそが、人という存在が陥る最大の問題であろう。

（二〇〇八年三月）

匂いは苦手

匂いというのは、苦手な感覚である。理由は簡単で、理屈になりにくいからである。大学の教師は理屈をいうのが商売だから、理屈にならないと往生する。じゃあ感覚だけでいけばいい。そうなると歌を詠んだり、俳句にしたりするわけだが、これが私は徹底的に苦手。歌も俳句も理に落ちるのは下の下である。

味と匂いはその意味でよく似ている。視覚、聴覚、触覚は意識的な感覚である。だからそれぞれ単独で言葉が作れる。文字、音声、点字。ところが匂いと味は単独では言葉が作れない。これに気づいていない人は多いと思う。同じ「五感」といっても、目、耳、皮膚からの入力と、舌と鼻からの入力は、脳での処理に違いがあるはずなのである。

それは解剖学的にはわかっている。味と匂いの入力は、言葉をつかさどるはずの大脳新皮質に半分しか上がってこない。残り半分は辺縁系という大脳の古い部分に行ってしまう。目や耳の場合には、全部が新皮質に上がってくる。そこが違うのである。理屈をいうのは新皮質、それもほとんどは左脳である。

その左の脳で匂いを扱おうとすると、扱えない。いい匂い、嫌な臭い。要するにそれでおしまい。味も同じである。だからグルメの番組を見ていると、「うまい」としかいわない。いえないのである。いいとか悪いとか、うまいとかまずいとかは、辺縁系の判断である。大脳はその判断に従っているだけ。

でも感覚としての匂いは、いろいろ面白い性質を持っている。私の場合は、年齢とともに変わってきた。カメムシの臭いは、子どもの頃は大嫌いだった。虫は好きだったけど、カメムシには近寄りたくもない。そういう感じだった。いまはどうかというと、まったく平気。臭いとは思うけど、べつにそれだけのことで、騒ぎもしない。つまんでも平気。手にうつった臭いをかがなければいいだけのことである。なぜ平気になったのか、わからない。鈍くなったのかもしれない。ラオスやタイの人はカメムシを食べる。だから本来ヒトが嫌うわけでもないと思う。慣らせばいいのである。べつに慣らす必要もないけど。

家内が香道をやるので、白檀とかなんとか、香をかがされることがある。かぐというと叱られる。「お香をきく」といわなければいけない。耳じゃないんだから、きかなくたっていいだろう。そう頑張ったところで怒られるだけだから、いわない。でもお香はちょっと癖になる。またかぎたいなあ。ふとそう思ったりする。茶席でお香を焚いていると、うちのネコが来る。ネコは感想は述べないけれど、どうもお香が好きらしい。かなり匂うのだから、嫌だと思うなら、寄ってこないはずである。いつも茶席に入り込んで、つまみ出されている。
私の匂いの好き嫌いも、ネコていどかなあ。家内は多分そういうだろうと思う。

（二〇一五年九月）

教養

はやらないものをきちんと身につけることは、
長い目で見れば、いちばん安上がりの自己教育である。

——「生きているついでに、本を読む」

生きているついでに、本を読む

手本は二宮金次郎。私の読書は小学生の頃からこれだった。薪を背負って、本を読みながら歩く。つまり読書とは、私の場合、なにか他の行為との組み合わせになる。それでなければ、本なんか、読む気がしない。薪を背負わないとすれば、電車に乗る。風呂やトイレに入る。一人で食事をする。コーヒーを飲む。ともかくなにかをしながら、本を読む。

乗り物で読むという手もある。それなら新幹線がいい。それも東京から博多までくらいが好ましい。数時間ゆっくり落ち着いて、本が読める。熊本や鹿児島まで行くなら、さらにいい。もっとも最近は忙しくて、その暇がない。飛行機で行くことになる。これはあまり読書には向かない。ジェット機なんて、あんな重たいものが、なんと空を飛ぶ。いつ落ちるかわからない。それを思うと、落ち着いて本が読めない。

なぜ「歩きながら、本を読む」のか。読書にひたすら専心するためである。でも歩いてるじゃないか、そのどこが「専念」か。

そこの説明がむずかしい。逆にいえば、「静かに座って読書する」ことが、私には信じられないのである。そんなことは、私にはできない。それをやると、逆に気が散ってしまう。そもそも私は「静かに座って」いられない。体が動き出してしまう。講演のときは、演壇上を歩き回る。貧乏ゆすりは長年の癖である。

世に読書家は多い。その人たちにとって読書は、おそらく自己完結的な行為なのであろう。つまり、ふつうは本を読むこと自体を目的として、本を読むのだと思う。私はそれができない。だから「なにかをするついでに、本を読む」ことになる。

二宮金次郎の場合は、本を読むのを禁じられたから、やむをえずああして読んだ。そういう話になっていると思う。私の場合には、ひとりでに金次郎になった。電気代がもったいないから、本を読むな。そういわれたわけではない。本など読む暇があったら、体を動かす。動かして、なにかする。大げさにいえば、それでないと、生きている気がしない。だから薪を背負って歩きながら、本を読む。

そもそも本など読んで、覚えられることといえば、本を読むことと、本を書くことだけである。本を長年読んだから、共著も含めて、たぶん百冊以上、本を書いた。べつに自慢にはならない。

スキーを始めた頃、スキー場でスキーの本を読んでいて、笑われたことがある。本を読んだって、スキーが上手にはならない。そんなことは、わかっている。でも休憩しながらスキーの本を読む。「ただひたすら休む」ことに、耐えられないからである。私はそこに読書を付け足す。読書を付け足して「生きる」のである。

生きるために本を読む。それなら高級だが、私の場合は、どうも違うように思う。私は「生きているついでに、本を読む」のである。本はそれにはたいへん向いている。

「生きる」とは、体を動かすことである。読書はそれを妨害する。だから体を動かせない状況がやむをえず続くとき、私は本を読む。晴耕雨読とは、そのことではないか。

おかげで本の選択がめちゃめちゃになる。読書のために読むのではないから、面白いと思えばなんでもいい。あるいは、その場にあるものなら、なんでもいい。台湾旅行なら、もっぱら店の看板を読む。電車のなかなら、とりあえず隣の人が読んでいる新聞を覗く。あまり覗き込むと嫌がられるから、その辺の呼吸がむずかしい。若干の技術がいる。

いま鞄の中に入っているのは、たまたま洋書である。スティーヴン・キングの『ダーク・タワー』第四巻のペイパーバックと、アル・フランケンの『嘘つき』である。なぜ洋書かというと、本がないと耐えられない時間があるからである。電車や飛行機のように、外に出られないのに、本がない。そういう時間は、人生として耐え難い。

そういう「いざというとき」のために、鞄に洋書を入れておく。読み終わるまでに、時間がかかるからである。日本語の書物だと、わりあい早く読んでしまう。マンガなんか、一冊で数十分しか保たない。東京‐博多間の新幹線なら『ドラゴンボール』全巻を持っていても、たぶん不足する。時間が、ではない。読み物が、である。本をそんなに持ったら、鞄が保たない。

そもそも本を入れすぎるので、鞄が重い。六十歳を過ぎて、五十肩になってしまった。

だから遠くに旅行するときは、できるだけ洋書を混ぜる。英語だと、日本語に比べて、私の読む速度が数分の一に落ちる。

読むのが早すぎるから、そういうことが起こる。それはわかっているが、読む速度は生理的なものらしく、調節できない。あくまでも自分のペースで読んでしまう。文庫本一冊なら、一時間から二時間で読む。若いときは、もっと早かったように思うが、きちんと測っていないから、わからない。いまはていねいに読むから遅いのだと、勝手に思うようにしている。本当はボケてきたのだと思うが。

電車で本を読んで、困るのは、降りる駅を乗り越すことである。これはよくやる。乗り越さなくても、あわてて降りるので、忘れ物をする。傘などは、必ずといっていいほど、忘れてしまう。

本に夢中になっているから、読みながら電車を降りる。お土産をいただいたときは、網棚には載せない。載せたら、必ず置いてくるからである。

机の上に本を置いて、長時間それを読んだ経験は、おそらく一度もない。大きな本はどうするか。本当に読む気なら、その部分を破る。破いて読む。私の本はゆえに消耗品である。

いま枕元に置いてあるのは、田岡嶺雲（れいうん）訳『史記列伝』である。古本屋で買ったから、いささか古びているが、現代語訳よりは私に向いている。私にとって、純粋の読書に近い時間があるとすれば、いまでは『列伝』のようなものを読んでいるときだけかもしれない。

先年、中島敦の会に出席させていただいた。陳舜臣氏と同席の栄に浴して、中島敦の作品についてあらためて学ぶことがあった。『列伝』の序にある文章、「天道はたして是か非か」を読むと、いまでも胸を打たれる。中島敦はこれを「李陵」という作品にした。いまの若者が、こういうものを読んでどう思うか、まったくわからない。

「李陵」は『列伝』それ自体に対する、中島敦のイメージである。中国の古典を利用して、日本人はさまざまなイメージを喚起してきた。このところ目についた言葉といえば、「春秋に義戦なし」である。近年これを用いた始まりは、山本夏彦だったと思うが、それはともかく、イラク派兵に賛成する人が、こういう言葉を引用していた。そういう時代になった。それでは話が変だが、ほとんどの人は変だとも思わないであろう。

私も年寄りになったからいう。古典は読むべきだし、読む力をつけるべきである。それには自分で読むしかない。他人をアテにしてもムダである。まして学校では、ほとんどなにも教えてはくれまい。教えてくれたら、それこそ事故みたいなものであろう。

英語を学ぶ人は多いが、聖書とシェイクスピアを読み込む人は少ない。たぶん嘘だと思うが、リンカーンは聖書とユークリッドの幾何学しか読まなかったという。ブッシュは聖書しか読まないのではないか。聖書も読まないかもしれない。

いまさら漢文なんて。中国が有人ロケットを飛ばす時代なのに。中国に対してそういう古臭いイメージを持つ。それが誤解の始まりだ。そういわれるかもしれない。

それならいおう。中国の将来は、日本にとって大きな意味を持つ。漢文くらい、読んでみたらどうか。

私が解剖学を学び始めた頃、そんな古臭い、というイメージが世間ではふつうだった。「そんな古臭い」学問を学んで、私は食うに困ったか。おそらくまったく逆だった。

解剖で学んだ方法を応用するだけで、六十代の半ばを過ぎても、十分に仕事をしていける。はやらないものをきちんと身につけることは、長い目で見れば、いちばん安上がりの自己教育である。

たかが数千年で、ヒトの遺伝子は変わらない。つまり人は変わらない。それなら古い方法が、ふつうの人には、いちばん役に立つ方法なのである。デカルトの『方法序説』を読むまでもないであろう。

（二〇〇四年三月）

外国語の学習は別の人生を生きること

若い頃は、英語で論文を書いた。その後、すっかりイヤになって、書かなくなった。最近は虫の論文を書く必要があって、仕方がないからまた英語で書く。そういうときには、頭から英語で考えるから、頭のなかの世界が二重になっている。一つは英語の世界で、もう一つは日本語の世界である。両者は重なるようで、微妙に重ならない。一種の二重人格というしかない。外国語を手段と思っている人がある。私は本質的にはそうではないと思う。外国語を読み書き話すということは、そのことばを生きることである。だから私は英語で書くのがイヤだった。私は日本で生きているので、英語圏で生きているわけではない。

論文を書かなくなった中年の時期でも、話すことは多かった。今でも英語のインタビューを受けることがときどきある。話す不自由はさして感じないが、聞くほうには苦労する。聞き慣れていないからである。英語といっても、ありとあらゆる方言がある。訛りもある。

小説にはそれがときどき出てくる。音にしたがって、スペルを変えてある。それを「正常に戻して」読むが、結局わからないこともある。

特にわからないのは、そうした訛りの社会的意味である。その登場人物の訛りが、その局面で何を意味しているのか、それが私にはまったく不明である。今読んでいるスティーヴン・キングの小説では、ある教授が南部訛りで話す。それがどうも胡散臭さを強調しているらしいのだが、本当のところはわからない。私はアメリカの東部人ではない。

日本国首相が関西弁や東北弁で話していると、奇妙に思われるに違いない。その「奇妙さ」がどういうものか、真に理解できるのは、日本社会で暮す人だけであろう。プーチンの話し方、サルコジの話し方で、ロシア人やフランス人は、さまざまなことを感じているはずである。その社会に暮さないと、それはわからない。ことばは字面だけではない。

本当に美しい日本語というものがある。それを今ではほとんど聞くことができない。そういう話を聞くことがある。これも同じであろう。日本語に対する感性がないと、そもそも美しいか、醜いか、それがわからない。まして外国語になろうものなら、どうにも仕方がない。わかるはずがない。

ことばを覚える年齢になると、われわれは絶対音感を失う。母親が高い声で話したことばと、父親が低い声で話したことばが、「同じ」言葉に聞こえないと、不自由だからであろう。それは音楽的には、ある種の感性を消すことである。

外国語の学習とは何か。それはつまり別の人生を生きることである。二重人格を持つことである。そう私は思うが、それにしては人々は安直に「外国語を学ぶ」。でも本当にバイリンガルになるなら、それは何かを「消す」に違いない。われわれは脳を一つしか持っていないからである。

（二〇〇七年十月）

ダーウィンの書斎と変わらない

四十代まで使っていた部屋は、玄関の脇にあった四畳半だった。家内は書生部屋と呼んでいた。お客が来るとすぐに見えて、あんがい便利だった。そこにワープロの大きいのを置いて、原稿を書いた。もともと貧乏性で、狭い部屋でないと落ち着かなかった。

その後、だんだん家のなかで出世して、子どもたちが大きくなった頃、ついに子ども部屋を二つつなげた巨大な書斎になった。でもそこに秘書代わりに娘がいたり、息子がいたりしたから、自分が専用に使う場所は、以前と変わらなかった。いまでもそこにいる。秘書さんもそこにいるから、昼間は気が散る。

昨年から、箱根に昆虫用の研究室をさらに作った。これも広くはないが、だから落ち着く。必要なものにすぐに手が届くくらいが、使いやすい。顕微鏡を三つ置いている。

数年前、ダーウィンの家に行った。世界遺産にしようというので、ケインズさんという人が面倒をみている。案内もしてくれた。この人はダーウィンの曾孫だかなにかで、経済学者のケインズの甥かなにかである。正確なところは忘れた。ダーウィンの書斎が当時のままに残っている。私の書斎とさして変わらないような気がした。つまり仕事ができる、できないと、書斎は関係がない。それがいいたかった。

虫の観察、研究は別である。研究室があったほうが便利に決まっている。細かい作業をするし、道具がいろいろいる。これをいわゆる書斎から分けたから、どちらもはなはだ使いやすくなった。絵描きさんのアトリエみたいなものであろう。虫の研究室にもパソコンを置いてあるから、原稿も書ける。それだけで十分な気がするが、そこにいると、虫ばかり見てしまう。だからやっぱり、別々な方がいいのである。どうやら書斎は完成したが、もう寿命があまり残っていない。人生、そんなものであろう。

（二〇〇六年十一月）

むろん私は宗教家ではない。だから私の宗教への視点は、俗世から見たものである。宗教を外から見るといってもいい。

そうした外部の目からすれば、宗教の社会的効用、つまり宗教は社会にとって「どう役に立つか」、それのみが問題である。そう述べれば、あるいは不謹慎だといわれるかもしれない。そもそも宗教は個人の安心立命を目指すものであって、社会的効用は二の次でしかない、と。それは、宗教の効用として、具体的な社会問題を考えるからであろう。しかし、宗教はもともと人の思想信条に深く関わるものである。その意味では、宗教は社会生活の根幹に位置している。ところが日本の世間では、ふつうはそう考えない。戦後社会でも、思想信条といえばマルキシズムであり、民主主義だった。そこには宗教は「無関係」である。それが世間の常識だったはずである。

その種の世間の常識を私は信じない。なにしろ一億玉砕、鬼畜米英が、いわば一夜にして平和と民主主義、マッカーサー万歳になった。その世間を、子ども心に見てきたのである。

いわゆる「世間の常識」なんて、信用するわけはないであろう。
とはいえ敗戦によって変わらなかったものも、たくさんある。たとえば日常の生活である。なにが起ころうが、常住坐臥の生活をすぐには変えることはできない。宗教とはそうした生活に根を持つ。それが真の意味での「世間の常識」を形成する。日本の場合、そこではじつは仏教の役割が大きい。歳をとるにつけて、私はそれをしだいに理解するようになったと感じる。つまり年寄りは宗教に「回帰する」のである。

明治に世論調査をしたところ、年寄りほど信心深いという結果が出た。ということは、やがて宗教の勢いが衰えるという学者の予測を生んだ。若者が宗教に関心をもたないのだから、その連中が歳をとる頃には、当然ながら宗教は衰える。そう思ったわけである。昭和になって、同じ調査をしてみたところ、結果は明治と同じだった。つまり若者が不信心で、年寄りが信心深いというのは、なんのことはない、いつの世でも同じだったのである。結論は簡単で、歳をとると、宗教への関心が増すというだけのことである。それが世間の中で歳をとるということだ、といってもいい。

現代は高齢化社会だが、そこで宗教の勢いは増しているであろうか。右の話が成り立つなら、当然ながら宗教の勢いが増していなければならない。日本の場合、それがそうでないとすれば、宗教関係者はこのことをもう少し考えてみるべきではないだろうか。

敗戦後、常住坐臥の生活は変わっただろうか。ほかのことに比較して、年月はかかったが、いまとなっては極端に変わったことに気づく。なにしろ都会では、お寺が鉄筋コンクリートになる世の中である。日常を過ごす家も洋間がほとんど、日本間はあっても一つ、格子がない座敷牢じゃないかという感じがする。椅子生活での立ち居振る舞いを、だれかがきちんと教えているかといえば、私は教わった覚えがない。外国に行くと、日本人がなんだかみすぼらしく見えるのは、そのためであろう。

その点、お坊さんの格好は逆にインターナショナルである。その国に特有の衣装というのは、それなりに完成しているから、立派に見える。ふだんの格好で世界に十分通用する。

つまりそのことである。精神生活でも、話はまったく同じであろう。日本社会の歴史はすでに千年を十分に超えている。そうした社会の常住坐臥から生じた原則が、インターナショナルでないはずがない。幕末から明治の人が国際的に通用したのも、それであろう。いまはその常住坐臥がじつは定まらないから、肉体も精神もともに格好がつかない。それを自分自身でしみじみ感じるのである。

常住坐臥は日常生活そのものである。テレビだって、いまでは日常生活である。そこにあるとき、ユリ・ゲラーのスプーン曲げというのが現れた。それが広く迎えられ、やがて臨死体験が大きな話題になった。ＮＨＫが取り上げたのである。そのときに神秘体験であることが否定されなかったから、ひょっとすると一部の宗教家は喜んだかもしれない。やがてそれはフィリピンの心霊手術に至り、揚げ句の果てはオウム真理教のハルマゲドンに行き着いた。宗教の社会的役割とは、そういうバカなことが生じないように、常住坐臥の本質を究めることであろう。そう私は思う。

先日、スリランカのお坊さんと出会って、お話をうかがった。要点は簡単で、諸行無常と無我だった。それならそれが世間の常識かというと、つい先日も、Kさんという若者が「自分探し」にイラクまで行き、死体となって米軍に発見された。「自分探し」に行くくらいだから、まさか「無我」だとは夢にも思っていなかったのであろう。では、仏教家でその責任を感じた方がおられるであろうか。仏教の教えでは昔から無我だ、自分探しなんて、とんでもない。そうだれも「教え」なかったのであろう。

縁なき衆生は度し難し、強制して教えることはできない。それは当然である。しかし現代のような「我」の世界は、いくらなんでも酷すぎないか。若者がそれで道に迷っているのである。いまの若者は、「変わらない私」があると、「思い込まされている」。教育は「個性あるこの私」を理想としており、その個性は生まれてから死ぬまで「変わらない」のである。若者はそう思っているに違いないので、なぜならネアカとかネクラとかいうからである。それは性格で、生涯変わらない。

それなら諸行無常はどうなる。無我はどうなる。そもそも宝クジに当たったネクラの人は、どうなるのだろうか。テレビをつけると、今度は血液型による性格占いまでやっている。そろそろユリ・ゲラーのスプーン曲げの段階は過ぎたのではなかろうか。

小さなことに角を立てるのは小人のすることだ。そう思っておられるのかもしれない。しかし千丈の堤も蟻の一穴からである。血液型は一生変化しないが、性格が変わらないなんていう保証はない。なにせ諸行無常、無我なんですからね。

仏教の教えは深い。そう私は思う。その専門家が仏教のあたりまえを説かないで、だれがそれを説くというのか。いま世界の三分の二は、我の宗教の世界である。それはキリスト教、イスラム教、ユダヤ教である。この世界には最後の審判がある。大天使がラッパを吹き鳴らすと、すべての死者が墓から蘇って、神の前で裁きを受ける。だから霊魂は不死であり、不死でなければ最後の審判に意味はない。たとえ不死であっても、ラッパで呼び出されるのが、アルツハイマーの私では、これまた意味がない。それならその不死の霊魂とは、私の一生の記憶を保持する、具体的な内容としての「自己」を有する霊魂でなくてはならない。

それなら科学の世界で、そうした霊魂の不死が通用するかというなら、馬鹿なことをいうなといわれるであろう。だからそれを言い換えたものが、死ぬまで変わらない人格を持つものとしての、西欧「近代的自我」である。そういうものを「発明」して、キリスト教と近代科学が折り合ったのである。

仏教世界には、はじめからそんなものはありはしない。それならなぜテレビは血液型による性格占いをやっているのか。どこかで近代的自我が現代の「世間の常識」になっているからであろう。そこから「自分探し」が生じる。

はっきりいうなら、Kさんの死は、仏教だけのせいではないとはいえ、仏教の怠慢なのである。それはオウム真理教のときによく似ている。問題はより小さいかもしれないが、この先はわからない。自己とはなにかという問題は、社会全体に影響を与えてしまうからである。それがもはや手のつけられない段階まで来ていなければいいが。私はそう思っているのである。

（二〇〇五年一月）

時代と親鸞

親鸞聖人のお人柄について、考えたことはほとんどない。というより、そう述べるしかない。なにしろ米国の図書館で、日本の仏教関係の書籍を集めると、書棚の半分は真宗関係の本になると聞いた。汗牛充棟(かんぎゅうじゅうとう)、いまさら素人が付け加えることはなにもない。『歎異抄(たんにしょう)』くらいは若い頃に読んだが、だからどうというわけでもない。

ひとつには、私のものの見方が、本来は理系だからかもしれない。理系の人は人間自体にはあまり関心を持たない傾向がある。とくに昔の人の場合には、知られているのは主にその人の発言、あるいはその人物を知る人の叙述である。いずれにせよそれは言葉、つまり情報である。理系でも情報はむろん大切だが、同時に決して鵜呑(うの)みにしてはいけないものである。その態度を極端まで進めると、自分の感覚でとらえたモノの世界しか、根本的には信用しないという態度になる。そこに宗教思想の入り込む余地は乏しい。

同じ態度が、人と社会の関係についても現われる。伝記は個人の生涯を描く。でも理科的には、その人が置かれた社会状況に、より注目してしまう。個人が置かれた社会とは、つまり実験室の中での実験条件だからである。どういう条件下でその結果が得られたか、それは科学実験の首根っこである。

我が親鸞像についても、それは同じというしかない。親鸞が生きた時代に、この世はどういう世界であったのか。つまりそれは親鸞という人物を生み出すような時代だったはずである。そのことについてなら、私には強い関心がある。平安末期から鎌倉時代とは、いかなる時代だったか。文献も乏しいわけではない。『方丈記』『平家物語』はいうまでもない。

現在私は鎌倉に住んでいるが、当時の鎌倉がどのような街であり、人びとが実際にどのように暮らしていたのか、具体的に想像するのは容易ではない。頼朝の墓ならいまでも見ることができるが、いったいあそこにはなにが入っているのだろうか。火葬したとするなら、どのようにしたのだろうか。仮屋を建て、それごと燃やしたと聞いたこともあるが、もっと具体的にはどうしたのだろうか。些事を知りたいのではない。当時のことをできれば「感覚」を通して「感じてみたい」のである。

そうした私に、大きな衝撃を与えてくれたのは『九相詩絵巻（くそうし）』である。若い女性が死んで、その死体がしだいに変化していく。鴉（からす）につつかれ、犬にかじられ、ついには散乱する白骨となる。これが想像図でないことは、似たような状況を写した、藤原新也氏のインドのベナレスでの写真を見ればわかる。これを見たときに、はじめて鎌倉時代というものが私の中で「感じられた」ように思った。つまり愚禿親鸞と自称した人物の背景が、やっと少し「目に見えた」と感じたのである。

それは親鸞に限らない。道元禅師、日蓮聖人もまた同じであろう。宇治平等院に鳳凰堂が造られた時代とは、ずいぶん違っていたのである。

平安時代は現代と同じ都市文明だが、鎌倉時代は身体の時代、田舎の時代だ。その後私はそう書くようになった。それは生老病死が眼前する世界である。そう思えば、『平家物語』の書き出しもよく理解できる。『方丈記』の書き出しも、ほぼ同じ内容といってよいのではなかろうか。

つまりは諸行無常である。いわばそれは、この国において、あそこで本当の意味で「発見された」のである。だからこそ、冒頭に書かれる。ということは、それ以前の時代の人は、そうは思っていなかったということである。

藤原道長は、藤原氏の栄華が永遠に続くと思っていたかもしれない。それを情報化社会という。平安時代を情報化社会などといえば、なんのことかと思われるであろう。でも情報とは永遠に続くもの、いつまでたっても同じでしかないものを指す。いまの自分の写真を撮れば、いつまでたっても「同じ」私の像が描かれてしまうではないか。諸行無常を説く『平家物語』の文章も、七百年以上前から変わっていない。そのどこが諸行無常か。

自分たちの栄華がいつまでも続くと思うのもまた、自分を情報と見なしているということである。現代人の「私は私、同じ私」もまた、同じ陥穽に陥ってしまっている。そう思えば、親鸞の現代的意義もまた明らかであろう。永遠を希求するとはいかなることか、あの時代にその本質を説いた真宗の奥義を、現代にはまり込んでいるわれわれは、本当に理解できるのであろうか。

（二〇〇九年五月）

混沌を生きる

そもそも混沌とはなんだ。荘子の最後に「混沌に穴を穿つ」という説話がある。これを紹介しようにも、使っているパソコンで、漢字を探すのが面倒くさい。「穴」という字を使ったが、原文は違う字である。でも要するに荘子の結論なんだから、乱暴にいってしまおう。あれこれ意識で考えると、生きていることがわからなくなって、いわば世界が死んでしまいますよ。そういうことだとしておく。

つまりこの話は、年中私がいっていることなのである。荘子の直接の影響でそう主張したわけではない。いつの間にか、自分の結論が荘子の結論になっていただけである。

私は論語が苦手で、昔から読んでいたけれども、ピンと来ない。やっとわかったのは、儒教とは要するに都市の思想だと思ったときである。当時私は解剖学を専攻していたから、死とはなにか、それを漠然と考えることが多かった。ところが論語では、「われいまだ生を知らず、いわんや死をや」という。まことにもっともなのだが、答えになるような、ならないような。都市は自然を排除する。そう思ったときに、はじめて論語がナルホド、と思えた。怪力乱神を語らず、死を語らない。人力の及び難いことについては、孔子様は語らないという態度をはっきりととる。だから親が死んだら三年喪に服せというので、これは人力つまり意識的に可能である。でも死とはなにかには答えない。孔子様の態度はまさに合理主義的、意識的そのものなのである。

亡くなった人の相手をしていれば、世界は意識的、合理的だとは思えなくなる。たいていの人は医学は科学で、科学なら合理的だろうと暗黙に仮定する。でも死んだ人は決して合理的には見えない。人なら死ぬのは当たり前だろうといっても、それは経験則であって論理ではない。宇野千代さんじゃないが、百歳を越えても「死ぬ気がしない」人はいまでもいると思う。意識は死ぬことなんか、本音では考えない。だって生きていなけりゃ、意識はないんだから。しかも生きているときを通して意識があるわけではない。学生の教育をしていればイヤでもわかるが、意識なんて簡単に消えてしまう。そんなもの、なんで信用するんじゃ。それが私の本音になった。

そんなもの、信用するから、テロになるんだろ。「自分が正しい」。そう思うから、関係ない人まで道連れにして、死んでしまう。正しいと思っているのは当人の意識で、寝ているときにもそう思っているかどうか、わかったものではない。人生の三分の一は意識がない。それなら最大限に見積もっても、三分の二は正しいかもしれないが、残りの三分の一は「わからない」

はずである。

こうした私の本音が、いまの世間では通らないことは、イヤというほどわかっている。だからあるとき、私は公職を引退した。幸いそんなに大きな責任はない地位だったが、それでも意識ではこうですが、無意識ではわかりません、なんていえた状況ではなかった。東電の社長が無意識では原発はイヤだったんだと思いますなんていっても、袋叩きに会うだけであろう。無意識なんて、だれも勘定に入れていないからである。でも血圧が高くなって入院したのは、身体つまり無意識の表現ではないか。

日本の伝統は、かならずしも意識を重んじていない。意識の典型的機能は言語で、だから古武士はお喋りではなかった。それを武士の一言という。私は教授会で口を開くことはまずしなかった。公の席でお喋りは少ないほどいい。そう思っていたからであろう。公職を引いたら、そこがずいぶん気楽になったから、いいたい放題をいうようになった。最近はそれで叱られることが多くなったから、世の中全体がウルサクなったなあと思う。そもそも家族に「そんなこと、いうもんじゃありません」とまず叱られる。今度の地震でも「東電の発電用の原子炉に電気が行かないというのは、ブラック・ジョークだよなあ」といったら、たちまちたしなめられた。たしかにいまの状況なら、それこそ「冗談じゃない」からであろう。

混沌に穴を穿つのが、現代人そのものである。穴を穿った主体は、北の王と南の王である。

混沌に歓待されたお礼心だったのだが、人間と同じになるように、七つの穴を開けたら、混沌は死んでしまった。「地獄への道は善意で敷き詰められている」というのも、似たようなことかもしれない。

「じゃあ、どうすりゃいいんですか」。そういう声が聞こえるような気がする。それですよ、それ。ああすれば、こうなる。それで済むなら、それこそ計算どおり、人生楽なもんじゃないですか。

（二〇一一年七月）

人生の意義

若い人が集まって、自殺をする。死にたいなら、勝手に死ねばいい。そういう意見もあろうが、なんだか気になる。自殺者の数は、いわゆるバブル崩壊後、年間一万人という規模で増えたままである。

なぜ死ぬ人が増えたのだろうか。うつ病が増えたという意見もあるが、それにしても医療は進んだし、そもそもうつ病がなぜ増えるかという、次の疑問が起こる。

私は昭和二十年八月十五日に小学二年生だった。あれ以来、戦争の反省として、考え方がさまざまな面で変わった。なにしろ鬼畜米英が平和と民主主義になったのだから、多くの面で世間の常識が逆転した。あれで間違ったんだから、その反対が正しい。なんとなくそうなったような気がする。しかし、それで済むほど物事は単純ではない。

その一つが人生の意義であろう。戦前ならすべては「お国のため」で済んだ。おそらくその反動で、戦後はもっぱら「自分のため」になった。これはもちろん自殺を増やす。

なにしろ「欲しがりません勝つまでは」「一億玉砕」である。押し付けもいい加減にして欲しい。戦後、人々がそう思ったのは理解できる。しかし、以来人生は「自分のため」だけになったとしたら、これは逆の行き過ぎであろう。

アウシュヴィッツを生き延びたヴィクトール・フランクルは、人生の意義は自分の中にはないと言った。人間は社会的動物であり、だからこそ言語を発達させた。言語があるから死んではいけない。そんなことをいっているのではない。言語を発達させるほど、強く社会的な動物なのである。ネコに言語が不用なのは、人間のようにややこしくて緊密な個体関係を作らないからである。その社会的な動物がひたすら個別化すれば、生きる意味はしだいに失われる。歳をとれば、それがイヤというほどわかる。老人は孤独になっていくからである。

「生む生まないは親の勝手」から始まって、人生ほとんど「だれかの勝手」になった。つまりは「本人の勝手」であろう。自己責任という言葉がはやるのも、間違いなくそれと関係している。だから文部科学省がヴォランティアを義務付けたりする。人生の根本が自分のためだと思う人は、当然ながらヴォランティアを義務付けようと思うはずである。そうではない。ヴォランティアは神と自分との間だけの関係であって、だから他人のためにも自分のためにも、本当は関係がない。だからそれは本来、「他人に知られないように行う」ものなのである。もともと他人のために仕事をしていれば、ヴォランティアなんか、やっている暇はない。

（二〇〇五年一月）

信仰

夏にポルトガルに行き、ファティマに寄った。ここはもともと田舎の村だが、いまではキリスト教の聖地である。村の三人の子どもたち、姉弟がここで聖母マリアを見た。

私はべつに信者ではない。だからその詳細はともかく、ファティマは奇跡の地であるらしい。行ってみると、巨大な広場がある。そこに世界の各地から巡礼が集まる。なかに体の悪い人たちがいて、広場の中央に敷かれた細長い絨毯の上を、膝で歩いていく。カトリックの教会を知る人なら、なじみの光景である。治癒を祈っているのであろう。

家内がその姿を見て、涙を流している。娘はなぜ泣いてるの、と不審そうである。私は双方の気持ちがわかる。誰かが純粋な信仰を示している場面は、なんとも感動的である。とくに現代日本のように、信ずる対象が消えた社会に慣れていると、素朴な信仰の姿に心を打たれる。たしかに涙が出る。

そういう姿を観客に見せたら、日当いくら払う。同時にそういうことが起こり得る世の中だということも、この年齢になれば、よくわかっている。べつにファティマでそうしているというのではない。人は信仰に感動するもので、だから宗教が成立するのである。

親鸞上人は信の一字を説いた。弥陀の本願を信ぜよ。だから南無阿弥陀仏の一言なのである。ルターは信仰をもって義とせらるるとした。信ぜよ、さらば救われん、である。

私が面白いと思うのは、他人の信仰にだれかが涙することである。信仰の姿を見ただけで感動する。それは内容を問わない。それなら「信仰のみ」という教えがあることは、むしろ当然である。いったいそれは、どういうことか。

近年、ミラー・ニューロンというニューロン、つまり神経細胞が見つかった。これはだれかがやっている動作に反応する細胞である。ただし自分が同じ動作をすると、反応がさらに強くなる。物まねをすると、より強く活動するわけである。

信仰がうつるのも、なにか似た機構を考えさせる。信仰はたしかに直達する。だから他人の信仰の姿を見て、涙するのであろう。思えば、怒りであれ、悲しみであれ、笑いであれ、感情は直達する。伝染するのである。それなら脳にはそういう伝染の機構がなければならない。それはミラー・ニューロンに似たものに違いない。

そこまではいい。信仰まではいいが、中身になると、とたんに問題が起こる。だからこそ「信仰のみ」なのであろう。それ以上、信を具体化すると、問題が起こる。

キリスト教の原理主義は、聖書のみを正しいとする。つまり信仰の内容について、必要最小限を主張するわけである。それでも聖書の内容に関して、問題が生じてしまう。創世記には神がどう世界を作ったか、短く書いてある。それも正しいのだとすると、進化論が認められない。これを要するに、信仰には内容を与えた瞬間から問題が生じるらしい。

真宗はそこが上手にできている。弥陀の本願というのは、衆生がすべて救われるまでは自分はあえて待つという、阿弥陀の意思を指す。阿弥陀様がそういってくださっている、それを信ぜよという。

これなら救済を信じる阿弥陀を信じるのだから、信仰の信仰であって、そこにとりあえず矛盾はない。問題は阿弥陀様とは誰だということだが、これはまあ勘弁してもらえるであろう。なんだか知らんが偉い人、人じゃないかもしれないが、ともかくそういうものなのである。

ともあれ私は、信仰そのものには好意的である。人はなにかを信じなければ、生きられないからである。懐疑論者は、すべてを疑うことを信じる人である。ただアルマゲドンを信じたり、電磁波を信じられたりすると、白ける。信仰の対象はあくまで徹底して抽象的でなければいけない。神にせよ、なんにせよ、信仰の対象をどういう性質のものか、具体的に決めるべきではない。大日本帝国という具体的なものを信じて、さんざんな目にあったのも、つい近年のことではないか。

イスラムが偶像を禁止するのも、本来は信仰の対象を具体化してはいけないという禁忌だったに違いない。国旗、国歌問題が根本的には面倒なのも、そのあたりに理由があろうと思う。姿、形のあるものを信じてはいけない。ただし信じることを、信じてもいい。

これが健康問題と絡んでいることは、おわかりであろう。鰯の頭も信心から。鰯の頭が効くわけじゃない。でも信心は効く。その区別がなかなかつかないところが、人間の面白いところであり、悲しいところである。

（二〇〇三年一月）

生前生後

数年前に、防府市で曹洞宗のお坊さんたちの集まりがあった。そこでなにか話をしてくれないかと頼まれた。なぜ私がお坊さんに説教をしなければならないのか、話がさかさまではないかと思ったが、やはり裏があった。若い世代のお坊さんたちが葬式の改革を考えていて、新しい形式を模索している。いろいろアイディアはあるけれど、実際にやってみないと、ピンと来ない。でも新形式をいきなりやるというわけにもいかない。ついては、どうせ防府まで話に来るなら、とりあえず死んでもらえませんか、ということだった。つまりその集まりで、私の葬式をするというのである。長年解剖をやっていて、お葬式には慣れている。でも自分の葬式は初めてだから、いいですよ、と気軽にお引き受けした。私の葬儀は、多々良学園ホールで厳かに行われたらしい。戒名もきちんといただいた。

編集者がそれを聞きつけたのだと思う。今回は「私の生前整理」という趣旨で書くように、といわれた。でもそれは話がおかしい。なぜなら私はすでに葬儀も無事に済み、しっかり死んでいるのだから、いまは死後の整理中なのである。

死後の整理でなにが大変かというと、私の場合には集めてしまった昆虫標本の整理である。長年のことだから、カビは生えるわ、ラベルの紙は黄色くなってボロボロになるわ、採った場所も書いてあるのだが、なにしろ町村合併で、いまとなっては地名が古色蒼然、新時代の人にはわからなくなっている。そうかといって、古いから捨てるというわけにはいかない。その土地に、いまでは考えられもしない虫がいたという、貴重な記録でもあるからである。

ありがたいことに、私の死後、さまざまな新技術や製品ができて、カビの掃除なんて、楽しいくらいである。カビだらけで、肝心の虫が見えないくらいだから、どうなるものかと思っていても、新洗剤で洗ってみると、昨日採集したんじゃないかというくらいピカピカ、なんともきれいに生まれ変わる。キリストの再臨とは、こういうことじゃないか。不敬罪で逮捕されそうなことを思ってしまう。

虫は世界に三千万種あるともいう。七度生まれ変わっても、調べ尽くせない数である。したがって死後はもっぱらその研究にせいを出している。時間がむやみにかかる、こういう仕事は、死んでからでないと、できない。生きているうちは、あれこれ世間がやかましい。付き合いとか、義理というものがある。司馬遼太郎は『坂の上の雲』を執筆している十年間、大阪の街を顔を上げて歩けなかったと書いている。やむを得ず、あちこちに不義理をしていたからである。

死んでしまうと、それがないのがありがたい。そうでなければ、すべてを自分でやる仕事なんか、じつはできませんよ。それが私という死者から、生きている人たちへの伝言である。

（二〇〇九年十一月）

脳と心

これはもう古い話題で、いまさら持ち出すこともない。ただ自分が歳をとって、どう考えが変わってきたか、あらためて書いてみようと思った。

神経細胞の研究でノーベル賞をとったエックルスが、晩年には心は「胎生のある時期に神によって植えつけられる」と、真面目に議論した。たぶん真面目だったと思う。

神経外科医のペンフィールドも、患者さんの脳に直接に電気刺激を与えて反応をみた人だが、晩年には「脳を調べても、心のことはわからない」と強調した。

晩年になれば、私もそうなるかと思って、いささか楽しみにしていた。すでに晩年かどうか、はっきりしないが、七十歳に近づいたから、そういってもいいであろう。このお二人の碩学ほど、私は脳の研究に没頭したわけではない。いまでは虫のほうを、よっぽど熱心に研究している。その私が、いまではどう思っているか。

考えてみると、はじめから私は、「脳を調べたら、心がわかる」などと思っていなかった。そうではなくて、心という機能に物質的な根拠があるなら、それは脳だと思っていたのである。

つまり「心がこうなのは、脳がこうだからだ」と思っていただけである。その関係が明確な場合もあり、不明確な場合もあるであろう。それだけのことである。だから「脳を調べたら、心がわかる」などとは、はじめから思っていない。それをいうなら、「そう思っているのも、あんたの意識だろうが」というしかない。

西欧の碩学は、じつはキリスト教の教えに戻ったので、私はどこに戻ったかというと、仏教に戻った。五蘊(ごうん)は皆空になったのである。説明が面倒だから、お経の解説はしない。しかし言葉で考える限り、言葉の性質を逃れることはできない。日本語は千年以上、仏教漬けになってきた言語で、そこから仏教を抜くことはできない。ただし、興味深いのは、日本人は自分の思想をふつうは仏教だといわないのである。それを指摘する本を最近書いた(『無思想の発見』ちくま新書)。自分の思想を、まさか仏教思想だとは思わない。それがフツーの日本人である。

司馬遼太郎は、西欧では思想が骨肉化していると書いた。でも思想が骨肉化しているのは、むしろ日本人のほうである。あまりにも骨肉化したので、そもそもそれを「思想だとは思っていない」。このあたりは、意識と無意識に関して、興味深い点である。

「あんたの考えは、仏教思想だろ」と指摘することが、よいことか、悪いことか、じつはわからない。そもそもすべてを意識化しようとするのが、現代人の悪癖だと、私は思うからである。学者は意識化しなければ、いまでは商売にならない。だからなんでも意識化しようとする。それが学者病で、歩き方を意識すると、上手に歩けない。だから仏教思想が日本の思想だと説くことが、よいことかどうか、それもわからない。余計なお世話かもしれない。でも私はそう思った。

「私はそう思った」というところが、歳かもしれない。どうせ人々は「その根拠は」と訊くに違いないからである。その種の疑問への回答として、若い頃に私は「脳を調べりゃいいだろ」といったのである。この歳になると、それも面倒くさい。だって、脳に根拠を発見しようが、しまいが、正直に私は「そう思っている」からである。エックルスやペンフィールドに、似てきたのかもしれないと思う。なぜならそれは、かなり「唯心」的な態度に思えるからである。

なぜそうなるか。ひとつは余命がないことを、しだいに強く意識するからであろう。根拠まででていねいに問うている暇がない。まだ人生が残っていると思える間は、根拠を探していられる。その余裕がないと、結論を急がざるを得ない。最近は考えることがはなはだ乱暴になって、なにをいおうが、それは意識がいっていることだろ、と述べてしまう。それはつまり唯心的であろう。脳まで話を落としている暇がない。

「寝ている間に、なにを考えてるんだ」ということも、しばしばいうようになった。意識は睡眠という形で、定期的に「消える」からである。それが未来永劫に消えたって、べつに不思議はない。毎日、消えているからである。というのもたぶん仏教思想であろう。「無」という言葉は、仏教では多用される。そもそも南無阿弥陀仏と書くときに、なぜわざわざ「無」という文字を当てるのか。

仏教はおそらく老年に似合った思想だと、私は感じるようになった。それは、西欧の碩学がキリスト教に回帰するのと、似たようなことではないのか。人間とはそういうもの、と結論するのは、まだ乱暴すぎるであろうか。

（二〇〇六年十一月）

お坊さんという壁

鎌倉生まれの鎌倉育ちなので、子どもの頃からお寺で遊ぶのはいつものことだった。でもなぜか、どのお寺さんでも、ご住職には滅多に会わなかった。自宅もお寺からの借地だったから、そこのお寺にもよく遊びに入った。でもご住職に見つかるとまず叱られたので、お坊さんとは子どもを叱るものだと思っていた。

なにしろ戦中戦後の混乱期だったから、ご住職も近所の子どものことなど、いちいちかまっている暇はなかったに違いない。いまはきちんと門扉を閉めて、拝観料を払わないと入れないお寺でも、当時は庭園に自在に入り込んで遊んだり、虫を捕まえたりしていた。鎌倉の山を歩いて、山から降りていくと、たいていはお寺の境内に出てしまう。庭に入り込むのも仕方がないのである。

しかも当時のお寺では、庭にネギを植えたり、キャベツを植えたりしているところもあった。食糧難だから止むを得ない。お坊さんも生活が大変だったのだろうと思う。そういう門前の小僧である私と、仏教との関わりは、だからお坊さんの手引きからではない。ものの「考え方を考える」ようになってからである。

ものを考えるのは脳に違いない。だから四十代に『唯脳論』という本を書いた。この表題は編集者がつけてくれた。内容がなんとなく唯識を感じさせたのであろう。その後、たまたま中村元先生の仏教に関する入門書を読んでいて、阿含経の解説に目をやった時に驚いた。自分が本に書きたかったことが阿含経の要旨のなかにすべて含まれていたからである。なんだ、ものを考えたら、仏教になってしまうんじゃないか。

その後、旧制高校を出た先輩に聞いたことがある。旧制高校では、世間に処するなら儒教、個人の生き方を考えるなら老荘、抽象的な哲学を考えるなら仏教、そういう常識があったらしい。日本語でものを考えると、結局、仏教になってしまうんだな。乱暴な結論だが、私はそれを身に染みて感じたのである。

だからといって、阿含経をきちんと勉強しようなどという殊勝な気持ちはなかった。後に河合隼雄先生が主宰する華厳経研究会に参加させていただいた。じゃあ華厳経を勉強したかというと、とんでもない。河合さんの会では、河合さんのダジャレを聞いていただけである。

その会には作家の夢枕獏さんや、中沢新一さんが参加されていた。河合さんも中沢さんも仏教に関心が強い方たちである。ただ二人が顔を合わせると、同じことを言っておられた。「仏教は好きだが、坊さんは嫌いだ」。

この辺りがなかなか興味深いところであろう。仏教には魅かれるが、お坊さんという壁がある。ではそれがいけないかというと、私はかならずしもそうは思わない。それでいいんじゃないかと思う。なぜかというと、お坊さんといえども、多少は？　仏教を学んだに違いないので、それなら仏教を学ぶということは、そういう人たちを、つまり河合さんの嫌いなお坊さんたちを事実として生み出す、ということでもあるからである。しかも右のように考えるのが、仏教的ではないのか。そうとすら思ってしまう。

これでおわかりであろうが、私の仏教はまったくの我流である。スリランカのお坊さん、スマナサーラさんといくらかお付き合いをさせていただいた。さらにブータンにはしばしば行き、現地のお坊さんにお会いする機会も多い。あちらの仏教は文字通りの仏法僧だから、ひたすらありがたいだけである。「なにごとのおわしますかは知らねども」である。お坊さんはひたすら修行をし、祈り、お布施で生きる。

そもそもこうでなければならない。そういう原則論を持ち出すと、たいていのものごとは壊れる。全部壊して、あらためて出直すときにはそれでいい。でも日本の仏教界を全部壊して、新しく出直す必要なんかないであろう。

私の世代は昭和二十年の敗戦を知っている。助手になって二年目には、例の大学紛争である。明治維新も敗戦もそうだが、ご破算で願いましては、である。紛争当時の学生には、その種の夢があったのかもしれない。東大解体を叫んでいたからである。でもその夢は実現しなかった。

最近、映画『シン・ゴジラ』を見る機会があった。あの最後のシーンでも、この国はいつもご破算で出直す、でもいまは共生するしか仕方がない、という台詞があった。まあゴジラを原発に見立てているのかもしれないが、古いもの、伝統とは、それに類したものであろう。以前からあったし、いまでもあるものは、仕方がない。さまざまな功罪があるに決まっている。それをあれこれ糾弾するより、これからどうするか、それを想ったほうがいい。私はそういう意見である。

それよりも、傘寿を迎えて、いくつか世間から失われてきたものを想う。一つは人の成熟である。河合さんはいつも大人という感じがしていた。私自身が人として成熟しない典型だから、そう思ったのかもしれない。いまでもお元気ですねとか、お若いですね、と言われる。要するに「育ってないだろ、お前は」、と言われているのである。

成熟するために必要なものは修行である。その修行も死語になりつつある。叡山の千日回峰行がいい例であろう。千日間、山中を走り回っても、GDPが増えるわけではない。あれはいったいなんなのだ。若者はそう思うに違いない。回峰行が終われば、大阿闍梨という作品が生まれる。でも人生を作品として見る見方が失われた。地位や名誉やお金は、いわば人生の額縁である。額縁は立派でも、作品はどうなのか。どんな貧しい画材を使ったとしても、それなりに完成した絵というものがあるはずではないか。

以前に象潟(きさかた)(秋田県)を訪問したことがあった。近くに立派なお寺があって、芭蕉の頃からのお庭のたたずまいを見せていただきながら、ご住職とお話をした。

ご住職が、ちょうど私が生まれた昭和十二年に、小僧で入りました、と言われた。「庭は以来、ほとんど変わりませんねえ」。「では変わったのはなんでしょうか」。私はそうお尋ねした。しばし間があって、「人でしょうなあ」と言われた。それをいまでもよく覚えている。

もちろん人には変わる部分と変わらない部分がある。『希望とは自分が変わること』(新潮社)という本を書いたら、あとで気が付いた。ジュール・ルナールが意地の悪いことを言っている。「人は変わる、だがバカさ加減は変わらない」。

鎌倉育ちのせいなのか、お寺は好きである。河合さんや中沢さんとも違って、お坊さんにとくに好き嫌いはない。私は虫がむやみに好きだから、人間は本当はどうでもいいのである。ただ仏教で困るのは殺生戒である。ブータンに行くと、うっかり虫も採れない。ハエもカも殺さない人たちだからである。虫の標本が作れない。

だからというか、二年前に鎌倉の建長寺に虫塚を作らせていただいた。毎年の虫の日、それを六月四日と勝手に決めて虫供養をする。お坊さんたちがお経を読んでくださるから、ありがたいことである。そもそもこれが仏教なのかどうか、そういう面倒なことは考えない。でも建長寺には花塚、筆塚もあるから、べつに虫塚があってもいいであろう。家内は私が死んだら、虫塚を私の墓にするつもりでいるらしい。まあ、自分の死んだ後まで指図をする気はない。六月四日に死ねば便利だが、誕生日と同じで、そういう細かいことはどうでもいい。

私の母親はお彼岸に死んだ。ちょうど時期がいいと言えば、ちょうどいいのだが、母の郷里のお寺が遠くて、行くのに難渋する。一度行ったが、たまたま虫採りの友だちが近くに住んでいて、そいつと虫採りに行ってしまった。親不孝の極みだ。だから、今年ぐらいは墓参りに行こうかなどと思う。でもそんなことをすると、母親が驚くかもしれない。

お寺があって、お坊さんがいる。それが大切なことなのだと思う。私はアジアの仏教国をしばしば旅行する。集落にはかならずお寺がある。ラオスなら、飛行機から見ていると、赤い屋根がお寺である。集落の中心に赤い屋根が見える。いくつかの集落が集まっていると、大きな赤い屋根がある。本山であろう。維持するのが大変な時代もあろう。でも維持する価値はある。人の生活とはそういうものだ。そういうしかないであろう。

（二〇一七年十月）

他人の心はわからないけれど

教養って、なんですかね。考えると、かえってわからなくなる言葉の一つです。大学時代の恩師、中井準之助先生が言われたことがあります。「教養とは、人の心がわかる心だ」。なにしろ東大の医学部を出て、定年まで東大につとめられた先生ですから、教養とは何だと、疑問に思う機会が多かったんでしょうね。

自分の先生を褒めるのは、じつは私は好きではありません。悪く言うのも同じです。そういう思いは、自分の中にしまっておくものだと、なんとなく思うからです。でもこの言葉はいつも私の心に残っています。私にとって、とても大切な言葉の一つです。

他人の心はわかるのでしょうか。先生に反論するわけじゃないんですが、私はわからないと思います。わからないから、あれこれ悩むわけです。じゃあまったく通じないかというと、通じます。なぜでしょう。

脳科学ではミラー・ニューロンが知られるようになりました。これは相手がなにかをしているのを見た時も、自分が同じ行動をする時も、発火するニューロンです。自分がその行動をしていないのに、相手の行動がいわば「伝染して」しまいます。これが共感の根拠でしょうね。これは理解ではなくて、共感だということに注意してください。

若いうちは、人の心を読みたがります。相手がなにを考えているか、考えるわけです。そこに心理学が発生します。私も若い頃は、人の心を理解したいと思っていました。精神科医になりたかったくらいです。でも今ではそう思いません。

ではどう思っているのか。人は相手の立場に立って、考えることならできます。相手と自分を「交換する」のです。これができるのはたぶんヒトだけです。だから自分の心がさまざまな状況を知っていればいるほど、他人への理解が増すはずです。

教養が単なる知識ではないことも、これでわかりませんか。教養は自分の「身に着く」ものなのです。

(二〇一八年二月)

初出一覧

＊本書収録に当たりタイトルを変更したものは、初出時のタイトルをカッコ内に示した。
＊媒体名、発行所名は初出当時のもの。発行所もしくは名称が変わっている場合は、現発行所名をカッコ内に示した。

人生

人は何のために生きるのか（欲は中庸でよろしい）「奈良新聞」二〇〇四年一月十日　奈良新聞社
生きているという話「ひとりふたり・・くらしと仏教」二〇〇九年冬号（十一月）法藏館
死なないつもり「サウンドスリープファーマ」二〇〇八年 Vol.1　日本ベーリンガーインゲルハイム
発見の眼 自分の発見「発見上手」二〇一二年七月三十一日　三井住友トラウト・ウェルネスパートナーズ
人生論「アステイオン」二〇二二年五月　サントリー文化財団
生きるとはどういうことか（虫の楽しみ）「有鄰」二〇一八年七月十日　有隣堂

環境

いのちの大切さ「兵庫教育」二〇〇七年一月号　兵庫県教育委員会
水と虫「みずのわ」二〇一三年一月　前澤工業株式会社企画室みずのわ発行委員会

里地里山を想う 「Consultant」二〇〇六年十月 社団法人建設コンサルタンツ協会
田舎暮らしの勧め 「歴史読本」二〇〇六年七月号 新人物往来社
半農のすすめ 「てんとう虫」二〇〇七年三月号 アダック
島の自然 「コーラルウェイ」二〇〇一年十一、十二月 日本トランスオーシャン航空

思考

時空と納得 「ビオフィリア」二〇〇五年春号(三月) アドスリー
隣の芝生(比較) 「風の旅人」二〇〇三年十月 ユーラシア旅行社(かぜたび舎)
科学とはなにか (同)二〇〇四年二月
自我と死 (同)二〇〇四年四月
理想と現実 (同)二〇〇四年八月
自然と人工 (同)二〇〇四年十月
型と慣例 (同)二〇〇五年二月
複雑ということ (同)二〇〇五年四月
四苦八苦 (同)二〇〇五年八月
わかるとは、どういうことか (同)二〇〇六年四月
色即是空 (同)二〇〇八年二月

脳・意識

初出一覧

情報と人間　「最新精神医学」二〇〇三年五月二十五日号　世論時報社
儀式と情報　「風の旅人」二〇〇三年四月　ユーラシア旅行社（かぜたび舎）
情報と誤解　「未来創発」二〇〇三年五月　野村総合研究所広報部
意識の世界　「風の旅人」二〇〇五年十月　ユーラシア旅行社（かぜたび舎）
論理と無意識　（同）二〇〇六年十月
モノと情報　「リコーテクニカルリポート」二〇〇九年十二月　リコー研究開発本部
繰り返し　「奇跡の海三陸」二〇〇八年三月三十一日　気仙の水産情報誌制作委員会
笑いの共通性　「たいせつな風景」二〇一〇年三月三十一日号　神奈川県立近代美術館

世間
東男と京女　「京都新聞」二〇〇九年十二月二十五日　京都新聞社
江戸の政治　（同）二〇一〇年三月二日
世界は一つでいいか　（同）二〇一〇年六月二十一日
言葉とウソ　（同）二〇一〇年十月五日
過去を問う　（同）二〇一二年八月二十四日
人を見る　「試験と研修」二〇一三年九月号　公務人材開発協会　日本人事試験研究センター
典型的日本人　「有鄰」二〇一〇年一月一日　有隣堂
老人よ、重責を担うな　「北海道新聞」二〇〇五年一月十六日　北海道新聞社

身体

身につく「武道」二〇〇七年三月号　日本武道館
体と思考（同）二〇〇七年六月号
文章とリズム（同）二〇〇七年十二月号
居つく（同）二〇〇八年三月号
虫の動き（同）二〇〇八年九月号
身体の問題（同）二〇〇八年十二月号
聞くということ「みみ」二〇〇八年春号（三月）全日本ろうあ連盟
匂いは苦手「長谷川香料技術レポート」二〇一五年九月　長谷川香料

教養

生きているついでに、本を読む（いつもそばに本が）「朝日新聞」二〇〇四年三月七日、十四日、二十一日
　朝日新聞社（同紙リレーエッセイをまとめた『いつもそばに本が』〈ワイズ出版、二〇一二年〉所載）
外国語の学習は別の人生を生きること「TEACHING ENGLISH NOW」二〇〇七年秋（十月）三省堂
ダーウィンの書斎と変わらない「日経おとなのＯＦＦ」二〇〇六年十一月号　日経ホーム出版
仏教と自己「寺門興隆」二〇〇五年一月号　興山舎
時代と親鸞「別冊太陽」『親鸞』二〇〇九年五月二十四日　平凡社
混沌を生きる（この世は意識ではわからない）「文藝春秋スペシャル」二〇一一年夏号（七月）文藝春秋
人生の意義「myb」二〇〇五年一月　みやび出版

初出一覧

信仰　「けんぽ」二〇〇三年十一月　法研
生前生後　「コモ・レ・バ？」二〇一〇年 vol.2（二〇〇九年十一月二十五日）CONEX ECO-Friends
脳と心　「アイフィール」二〇〇六年冬号（十一月）紀伊國屋書店
お坊さんという壁　「月刊住職」二〇一七年十月号　興山舎
他人の心はわからないけれど　「東京人」二〇一八年二月号　都市出版

本書について――編集部注

＊本書は、二〇〇三年以降に発行された新聞・雑誌・印刷物所載のエッセイから単行書未収録作品を選りすぐり、一冊に編んだものです。

＊特殊な場合を除き、用字用語、表記は初出に従いました。ただし、数字表記は本書内で統一し、誤記誤植を訂正したほか、いくつかの人名については当時の肩書などを補いました。また匿名としたものもあります。

＊各エッセイの文末に掲載年月を付しました。詳細な書誌データは「初出一覧」のとおりです。

養老孟司　ようろう・たけし

一九三七年神奈川県鎌倉市生まれ。六二年東京大学医学部卒業後、解剖学教室に入る。九五年東京大学医学部教授を退官。現在、東京大学名誉教授。医学博士。八九年『からだの見方』（筑摩書房）でサントリー学芸賞受賞。二〇〇三年『バカの壁』（新潮新書）で毎日出版文化賞特別賞受賞。その他著書に『唯脳論』『養老孟司の人間科学講義』（ちくま学芸文庫）、『解剖学教室へようこそ』『考えるヒト』（ちくま文庫）、『からだを読む』『無思想の発見』（ちくま新書）、『「自分」の壁』『遺言。』『ヒトの壁』（新潮新書）、『ものがわかるということ』（祥伝社）、『老い方、死に方』（南直哉ほかとの対談、PHP新書）など多数。

生きるとはどういうことか

二〇二三年十一月十一日　初版第一刷発行
二〇二四年 三 月十五日　初版第三刷発行

著者　養老孟司
発行者　喜入冬子
発行所　株式会社　筑摩書房
一一一―八七五五　東京都台東区蔵前二―五―三
電話番号　〇三―五六八七―二六〇一（代表）
印刷　株式会社精興社
製本　株式会社積信堂

ISBN 978-4-480-81574-3 C0095